袄裙：袄是一种有表有里、两侧开衩的上衣，短可及腰，长可过膝，穿着时袄多系于裙外。女装上袄样式多变，有交领、竖领、盘领等。多配以马面褶裙或百褶裙。流行于明朝。

马面裙：又称"马面褶裙"，裙正中作马面，两边打褶。一般底部均织有裙襕，也有一些没有裙襕或者有两条裙襕（底襕和膝襕）。

半臂：半臂是一种短袖衣物，在女子着装极为常见。分为对襟、交领或U形领。青春活泼，娇俏可爱。相传最早半臂流行于隋代宫廷，唐代传至民间，历久不衰。

褙子：褙子相传始于唐，到宋代开始盛行。衣襟直立相对于胸前垂下，多为窄袖，衣长一般到大腿下或膝盖下，两侧开衩，是极受欢迎的一种常服款式。

鹤氅：又叫"大氅"、"氅衣"，大袖、敞口、直领、对襟，两侧一般不开衩，衣襟多用一对长带系结，四周或装饰以缘边。晋代已有记载，宋时文人好服鹤氅，明代士人多作为外套使用，天冷时也穿以遮风御寒。

大袖衫：大袖、敞口、直领、对襟，两侧一般不开衩，系带多在衣襟下方系结。一般以质地轻软或花色华丽的布料制作，长可曳地，多穿在诃子裙外。现在通常作为装饰性的外套，或作为演出服或者华丽的节日盛装。明代大袖衫，竖领，对襟，领口缀以纽扣，胸前用系带一对系结，两袖宽大，收袖口，衣身两侧开衩，多穿在袄裙外。

袍褐：又称短褐、竖褐、褐衣、布衣，即百姓所穿的粗布衣服，短褐多为文人使用的称呼。《通雅》中说："竖褐因名短褐，贱士之服也。"小颜云："裋，僮仆所衣布长襦也，犹竖褐也。"因此也称为"裋褐"。交领、窄袖，衣身通常较短，用布带束腰，下身穿裤，以便于劳动。现在泛指上衣下裤行动方便的便装，或者用于练功、劳作等服装。

对襟襦裙：上襦衣襟相对于胸前，称为对襟，内可配以抹胸或者交领中衣。下裙束于腰间。裙外可加围裳，增添了层次美和重叠美。

诃子：古代妇女的胸衣，自后向前围束，下面有线，可以同时围系裙腰。流行于唐朝。外面多搭配大袖衫。

聆梦集

月怀玉 ◎ 著

北京燕山出版社
BEIJING YANSHAN PRESS

图书在版编目（CIP）数据

聆梦集/月怀玉著.--北京：北京燕山出版社，2013.10

ISBN 978-7-5402-3358-7

Ⅰ.①聆… Ⅱ.①月… Ⅲ.①诗词–作品集–中国–当代 Ⅳ.① I227

中国版本图书馆 CIP 数据核字（2013）第 251290 号

聆梦集

作　　者	月怀玉
图片提供	月怀玉
封面设计	杨晓蕾　涂苏婷
封面绘图	青石郎
版式设计	7拾3号
责任编辑	李满意　王梦楠
特约编辑	尹　航
责任校对	石　英
社　　址	北京市宣武区陶然亭路53号（100054）
网　　站	http://www.bjyspress.com
微　　博	http://e.weibo.com/u/2526206071
电　　话	01065240430
传　　真	01063587071
印　　刷	中煤涿州制图印刷厂北京分厂
开　　本	710mm×1000mm　1/16
字　　数	150千字
印　　张	18
版　　次	2014年1月第1版
印　　次	2014年1月第1次印刷
定　　价	28.00元
出版发行	北京燕山出版社　BEIJING YANSHAN PRESS

版权所有　盗版必究

序

余既孤陋，于倚声之学益无所知。惟自寇先生梦碧崛起津门，坛坫旗鼓，为之一振。其一传之盛多为梦碧后社诸子。盖鼎革前诸大家尝举梦碧词社也。海内俊彦，承其教旨，各有深造者，不可枚数。其中吾友曹长河称雄长焉。具体师法之外，于蒋鹿潭独标心解。有《逐鹿词》二卷梓世。其为人为词皆足有令人愕然而惊者。感发后进，蔚为一蠹。

月君怀玉，幼而颖异，能自倚声，复问学于长河。所作活泼跳掷，言情绘景，直剔幽隐。而其间一种惝恍迷离之致，又令读者三叹而有余音矣。长河复为先师孔先生高弟，与余固有同门之谊。北海清樽，传之者再。津门诗筵，佳会频频。余于长河门下才俊，接宴之际，多有默识。怀玉君其为升堂之选也。宽之以日月，淬之以甘苦，则风力丹彩，尚未易限。怀玉君近年复倾心汉服之制。析文设色，折衷时世，新式叠出。而人文化成，浸润绵延，固未尝因陵谷之变而扫地以尽也。儒雅愿学之士，时有汉服之会。鼓素琴以歌风诗，品佳茗以叙衷情。当争竞飚行之世，导之以闲雅从容，不啻为炎暑中一剂清凉散也。其潜移默化之功，亦未可以涓滴弃也。至于制礼作乐，垂衣裳而天下治，则非余所敢议。

癸巳孟秋王震宇识于怅望轩

汉服不是指汉朝的服装,而是指汉民族的民族服装。从轩辕黄帝垂衣裳以治天下至今,汉服已有4700多年历史,因为历史的原因明末清初消亡。汉族是最大的民族,却没有了自己的民族服装,我们遗忘了它。每次当传统节日以及56个民族同时出现的时候,我们都很羡慕别的民族有美丽的节日盛装。而我们汉族,却失去了属于自己民族的传统服饰,在节日里只能穿着来自西洋的时装。如今我们要找回属于自己民族的传统服装,希望每个汉族同胞都能在人生重要的日子里穿上自己本民族的服装。

聆梦集

词部

目录

清平乐 / 002
沁园春·初十夜感怀 / 002
酷相思 / 003
寄远 / 003
喜迁莺·感怀 / 004
菩萨蛮 / 004
满庭芳·昙花 / 005
蝶恋花 / 005
菩萨蛮 / 006
澡兰香·次韵混雪儿 / 007
扫地舞 / 007
一萼红·莲 / 008
鹧鸪天 / 008
蝶恋花 / 009
江城梅花引 / 009
清平乐 / 010
荆州亭 / 010
高阳台 / 011
定风波 / 011
蝶恋花 / 012
蝶恋花·落花 / 012
水调歌头·游怀柔 / 013
雪梅香·卖唱女童 / 014
燕台春·野蔷薇 / 014
台城游·写在因SARS而无法外出的日子 / 015
水调歌头 / 015

001

鹧鸪天 / 016
庆春泽·游湖南 / 016
夜合花·再咏烟花 / 017
临江仙·除夕寄老师及师母 / 017
蝶恋花·拟落梅语 / 018
长相思 / 018
定风波 / 019
高阳台·翻周杰伦之歌曲菊花台 / 019
临江仙 / 020
宴瑶池·有寄 / 020
喝火令 / 021
东坡引·寄远 / 021
贺新郎·秋日感怀 / 022

定风波·记梦 / 022
金缕曲 / 023
蝶恋花 / 023
喝火令 / 024
采桑子 / 024
浣溪沙 / 024
金缕曲·赋聊斋白狐 / 025
定风波 / 025
城头月·本意 / 026
百宜娇·莲 / 026
宣清·月语 / 027
蝴蝶儿 / 027
南乡子 / 028

目录

蝶恋花 / 028

减字木兰花·二零一零年除夕及情人节前夜 / 028

减字木兰花 / 029

卜算子·杨花 / 029

芳草渡·月 / 030

甘州 / 030

生查子·月 / 030

满庭芳·魔鬼花 / 031

水调歌头 / 031

蝶恋花·流星 / 032

金缕曲·作落花语 / 032

减字木兰花·昙花 / 033

行香子 / 033

清平乐 / 033

贺新郎·用前尘韵感赋去世九岁女孩佘艳 / 034

蝶恋花·我为秋枫 / 034

水调歌头·生日自题兼寄小眉 / 035

江城子·元旦 / 035

满庭芳·烟花 / 036

水龙吟·冰花 / 036

金缕曲·烟花 / 037

金缕曲·听《二泉映月》感赋 / 037

满江红·用迦陵韵 / 038

金缕曲·做鱼儿语 / 038

水调歌头 / 039

高阳台·梦想篇 / 039
高阳台·叠前韵之红尘篇 / 040
菩萨蛮 / 040
贺新郎 / 041
减字木兰花·琥珀 / 041
满江红·答波心荡 / 042
金缕曲·听歌独角戏感赋 / 043
金缕曲·月语 / 043
满庭芳·昙花 / 044
金缕曲·石榴花开 / 044
生查子 / 045
金缕曲·听歌《下辈子如果我还记得你》/ 045

鹧鸪天 / 046
绮罗香·春风 / 046
庆金枝 / 047
蝶恋花 / 047
浣溪沙·咏月 / 047
忆江南 / 048
鹧鸪天 / 048
木兰花慢·咏蚊香 / 049
喝火令 / 049
蝶恋花 / 050
浣溪沙 / 050
减字木兰花·次韵混雪儿 / 051
自度一 / 053

目录

临江仙 / 053
金缕曲·叠前韵 / 054
喜迁莺·月 / 054
木兰花慢 / 055
金缕曲·《聊斋》白狐 / 055
留客住·雨点儿,效铜弦词 / 056
芰荷香 / 056
满江红 / 057
江城梅花引 / 057
南乡子·写在情人节前夜 / 058
荆州亭两首·八月二十四日中元节之
女鬼 / 059
清平乐 / 059

鹧鸪天·寄受伤的某人 / 060
清平乐 / 060
木兰花 / 060
金缕曲·答人 / 061
蝶恋花·七夕 / 061
蝶恋花·七夕 / 062
宴清都 / 062
喝火令 / 063
沁园春·寄远 / 063
江城梅花引 / 064
酷相思 / 064
酷相思·稻草人 / 065
卜算子 / 065

减字木兰花·螺 / 066
高阳台·次韵谢涵洁 / 067
金缕曲·次韵楼飞飞并赠 / 067
喝火令 / 068
蝶恋花·词韵十九部之一 / 069
减字木兰花·曾经一组 / 071
鹧鸪天·寄人 / 071
卜算子 / 072
鹧鸪天·十六夜记 / 072
白菊 / 072
生查子·翻做君生我未生 / 073
生查子 / 073
酷相思 / 074

庆宣和 / 074
荷叶杯 / 074
三台 / 075
晴偏好 / 075
凭阑人 / 075
花非花 / 076
章台柳 / 076
沁园春·辛卯端午宿千家店镇感怀 / 076
南乡子 / 077
寿星明·贺长师七十寿 / 077
醉公子 / 078
蝶恋花 / 078
蝶恋花 / 078

聆梦集

目录

梅花引 / 079

踏莎行 / 079

减字木兰花·写在情人节之后 / 079

虞美人 / 080

鹧鸪天 / 080

高阳台·寄月白风清生辰 / 081

江城梅花引·咏愁 / 081

沁园春·咏无心花 / 082

蝶恋花·寄旋涡儿 / 082

蝶恋花·叠前韵寄段小愁 / 083

减字木兰花·寄人两首 / 083

干荷叶 / 084

临江仙 / 084

贺新郎 / 085

沁园春 / 085

唐多令·寄王胡子生辰 / 086

江城子·寄烟霏生辰 / 086

蝶恋花 / 087

蝶恋花·叠前韵 / 087

虞美人·次韵方知秋 / 088

高阳台·再翻周杰伦之歌曲菊花台 / 088

减字木兰花·次韵方知秋 / 089

减字木兰花·夜坐 / 091

鹧鸪天·自嘲兼寄寤堂 / 091

沁园春·生日感怀 / 092

点绛唇·赠行止江南芳辰 / 092

蝶恋花·戏赠行止江南并贺芳辰 / 093
江城梅花引 / 093
声声慢 / 094
鹧鸪天·感论坛事 / 094
江城梅花引·次韵月白风清 / 095
蝶恋花 / 095
鹧鸪天 / 096
清平乐·格林童话之小红帽 / 096
生查子·寄林墨狐生辰 / 096
清平乐·格林童话之睡美人 / 097
清平乐·童话故事之卖火柴的小女孩 / 097
喝火令 / 097
暮山溪·用小眉韵也做诀别词 / 098
喝火令·用沧海怡然生韵 / 098
虞美人·记江南古宅 / 099
蝶恋花·格林童话之白雪公主 / 099
定风波·与徒弟水晶生辰 / 100
临江仙 / 100
南乡子两首·代民工书 / 101
木兰花慢·烟花 / 102
减字木兰花·与鱼儿生辰 / 102
减字木兰花·记江南游古宅 / 103
高阳台·月 / 103
鹧鸪天·闻陈晓旭出家有感 / 104
蝶恋花·与清角兄生辰 / 104
蝶恋花·寄东篱蝶兼贺生辰 / 105

聆梦集

目录

减字木兰花·题汉服北京朝阳公园活动 / 105
古风·题汉服北京朝阳公园活动 / 105
鹧鸪天·次韵十四部 / 106
暮山溪·为余设计之汉服 / 110
蝶恋花·记情人节 / 110
金缕曲·自况 / 111
高阳台·油纸伞 / 111
高阳台·再题余设计之汉服 / 112
蝶恋花·病中 / 112
金缕曲·七夕感怀 / 113
沁园春 / 113
鹧鸪天 / 114
喝火令·与漩涡儿新婚寄 / 115
喝火令·与漩涡儿新婚告新郎书 / 115
减字木兰花 / 116
虞美人 / 116
清平乐 / 117
菩萨蛮 / 117
踏莎行 / 117
减字木兰花 / 118
荆州亭 / 118
菩萨蛮 / 119
蝶恋花·平安夜感 / 119
清平乐·记梦 / 120
菩萨蛮·次韵溪云 / 120
蝶恋花 / 120

定风波 / 121

江城梅花引 / 121

长相思 / 122

浣溪沙 / 122

鹧鸪天 / 123

琐窗寒 / 124

定风波 / 124

贺新郎·大雪 / 125

金缕曲·读波心词感赋并寄 / 125

金缕曲·深夜感怀 / 126

金缕曲·次韵漩涡儿感怀单位事 / 126

金缕曲·露珠 / 127

金缕曲·题图 / 127

金缕曲·寄漩涡儿 / 128

金缕曲·叠前韵寄美人 / 128

金缕曲·彼岸花 / 129

金缕曲·寄弟听风并次其韵 / 129

金缕曲 / 130

金缕曲 / 130

金缕曲·次韵答梦烟霏 / 131

金缕曲·送别漩涡儿 / 131

金缕曲·是夜读波心兄词感怀用其韵

再寄 / 132

金缕曲·与波心 / 132

金缕曲·次韵答漩涡儿 / 133

高阳台·写给陈晓旭 / 133

目录

寿星明·与鸣儿兼贺生辰 / 134
浣溪沙 / 134
喝火令 / 135
满庭芳·次韵方知秋 / 135
满江红·停电夜记二零零七年六月 / 136
四日夜 / 136
酷相思 / 136
金缕曲·对镜自况二 / 137
江城梅花引 / 137
鹧鸪天 / 138
金缕曲·寄旋涡 / 138
喝火令 / 139
喝火令 / 139
金缕曲·寄尘色兄兼贺生辰 / 140
蝶恋花·悼友 / 140
蝶恋花·记梦 / 141
浣溪沙 / 141
减字木兰花·七夕夜感怀 / 141
扬州慢·女鬼 / 142
惜分钗 / 142
惜分钗 / 143
减字木兰花·与鸣儿 / 143
蝶恋花 / 143
长相思 / 144
干荷叶 / 145
鹧鸪天·寄鸣儿 / 145

沁园春 / 146

寿星明·寄出差的泛泛并贺生辰 / 146

水调歌头·与零落兼贺生辰 / 147

金缕曲·写在四川地震后 / 147

蝶恋花 / 148

清平乐·寄溪云并贺生辰 / 149

鹧鸪天·五一二地震记怀 / 150

鹧鸪天·看地震新闻罹难孩子的父母集体摆设灵堂感怀 / 150

定风波 / 151

鹧鸪天 / 151

水调歌头·也写画皮 / 152

蝶恋花 / 152

酷相思 / 153

鹧鸪天 / 153

酷相思 / 154

花犯念奴·赋舍烟阁 / 154

踏莎行 / 155

木兰花 / 156

高阳台 / 156

高阳台·观梨花 / 157

高阳台 / 157

水调歌头·梦游灵隐逢僧话 / 158

水调歌头·假日一天 / 159

花犯念奴·惊闻友得绝症将不久人寰 / 159

聆梦集

目录

水调歌头 / 160

金缕曲 · 寄芙蓉 / 160

金缕曲 · 叠前韵咏木芙蓉 / 161

春从天上来 · 用吴激原韵元旦感怀 / 161

夏云峰 · 谨以此词纪念那些在洪水中遇难的孩子们 / 162

陌上花 · 返故里感怀 / 162

古香慢 · 春夜听雨 / 163

拜星月慢 · 清明观玉兰零落有感 / 163

夜合花 · 次韵 / 164

东风第一枝 · 惜梅 / 164

酷相思 · 寄病中友人 / 165

酷相思 / 165

定风波 · 与好友重逢 / 166

绮罗香 / 166

九张机 / 167

天仙子 · 与傲雪生日 / 168

惜红衣 / 168

忆旧游 · 忆西湖 / 169

满庭芳 · 与花溅泪生日贺 / 169

看花回 · 断线的风筝 / 170

八声甘州 · 次韵文森兼赠 / 170

疏影 / 171

酹江月 · 中秋闻花城君有恙感赠 / 171

望海潮 / 172

桂枝香 / 172

013

拜星月慢·秋夜有记 / 173
浣溪沙 / 173
浣溪沙 / 173
浣溪沙 / 174
浣溪沙 / 174
摊破浣溪沙 / 175
满江红·失窃有记 / 175
浣溪沙 / 176
浣溪沙 / 176
临江仙·岁暮寄怀 / 176
鹧鸪天 / 177
鹧鸪天 / 177
鹧鸪天·病中感怀 / 177
行香子 / 178
行香子 / 178
满江红·观雪 / 179
蝶恋花·看雪 / 179
鹧鸪天·记叶挺 / 180
江城梅花引·有寄 / 180
喝火令 / 181
一斛珠 / 181
鹧鸪天·与水晶生日 / 182
鹧鸪天 / 182
喝火令 / 183
喝火令·烟霏生辰 / 183
喝火令 / 183

聆梦集

目录

金缕曲·春节雪灾感怀并寄抗灾不能回家过年的军人们 / 184

喝火令 / 184

喝火令·叠前韵 / 185

沁园春·听歌曲你的容颜 / 185

曲游春 / 186

鹧鸪天·答人问 / 186

木兰花·立春 / 187

鹧鸪天·寄友江岚 / 187

减字木兰花七章 / 188

蝶恋花·烟花 / 190

甘州·寄沧海并贺生辰 / 190

人月圆 / 191

金缕曲·聆梦集之终结篇 / 191

喝火令 / 192

春从天上来·次韵前尘 / 193

水调歌头·次韵涵洁兼赠 / 193

沁园春·读全宋词典故有感 / 194

宴清都·次韵前尘 / 194

蝶恋花·次若若韵 / 195

卜算子·用沈之力韵 / 195

诗部

无题 / 198
记梦 / 198
辘轳回眸年事尽悲辛 / 199
次陶渊明饮酒之十三·题图片一张 / 200
路遇卖鸡翁闲话有感 / 200
看东北二人转有感世事 / 201
清角生日贺 / 201
贺包德珍大姐生日 / 202
随感 / 202
哈巴狗 / 202
随感 / 203
悼亡 / 203
悼亡 / 204

秋兴 / 204
记梦 / 205
古意 / 205
次韵无非昨夜到秋天 / 206
步韵答烟霏 / 206
拟长相思 / 206
咏梅 / 207
咏莲 / 207
感怀 / 207
读新闻《山西煤矿，救救我们的孩子》
无题 / 208
无题 / 208
誓 / 209

聆梦集

目录

子夜歌 / 209
月 / 210
雪 / 210
为二师兄拭剑生日 / 211
无题 / 211
拟四愁诗 / 212
医院见闻记 / 213
节日夜饭店见闻记 / 214
自君之出矣 / 215
子夜四时歌 / 215
无题 / 216
樱花歌 / 216
乱语寄漩涡儿 / 217
拟长相思 / 217

聆梦集

词部

清平乐

其一

此时滋味,堪笑都难会。月下露珠浑似泪,孤子窗前强醉。

已知情是空花。无端遗恨谁家?百问何人与答?一声啼过昏鸦。

其二

迷离光影。炫彩浑难定。独自灯前临晚镜。恍惚虚空幻景。

人生已是深秋。青瞳浅印哀愁。淡了那年一诺。从今心事都休。

沁园春·初十夜感怀

菊不能香,月不能圆,醉不能诗。卧澄莹灯下,昏昏若梦,清凉枕畔,默默如痴。记忆乡关,唯存幻想,到此何须辨是非?君看我,似当时青鬓,归却难归。

人生离聚难知。更已惯,浮名总与违。是无心一语,转头成谶?有情百事,弹指为灰?静里流光,望中岁月,误了芳春负了谁?茫茫夜,只秋虫低诉,暗壁依微。

酷相思

其一

漠漠门庭深院锁。正枯叶，风中堕。似黄蝶飘然阶下卧。春去也，人孤坐。秋到也，人孤坐。

其二

只道愁心今已惰。奈此际，深深裹。叹前梦何堪频袭我？君意已，来相左。天意莫，来相左。

寄远

一样斜阳红似火。一样是，江心堕。叹一样韶光弹指过。昔日事，真无那。此日事，真无那。

也拟相忘忘了吗？对冷月，幽幽坐。算如幻深情须看破。酒醒也，如今我。梦醒也，如今我。

喜迁莺·感怀

　　青桐一片。叹乍雨乍风，密叶惊散。眉角飘摇，指间轻捻，怕对暮云天染。怕对莲开静默，都被秋光暗换。背影处，是浅橙灯色，与陪昏晚。

　　今夜愁难免。忆昔分离，此恨何曾惯？百转回肠，万转相思，尽托迷蒙醉眼。收拾幽怀待谱，无奈诗心先懒。向枕簟，纵深深合睫，梦魂偏限。

菩萨蛮

　　雨余松伞幽幽碧。叶尖悬露冰晶色。一滴一寻思，此心如旧时？

　　念卿从未薄。衣袂胭脂绰。寄语尽清欢。莫同秋月寒。

满庭芳·昙花

纤月依依,熏风绕绕,舞腰帘外斜斜。芳姿历此,是为渺星槎。已惯灵山清寂,怅尘世,朝暮弦哗。告花信,多情亦莫,为我挽韶华。

幽幽成叹息,看灯昏印,听叶翻鸦。渐参横,薄霜淡笼天涯。一刹合眸归去,余香遣,君侧深些。天明后,君还记否,那夜影摇纱。

蝶恋花

茉莉清茶深夜品。几朵玲珑,拈取杯中浸。缓缓花开凭水渗。轻移唇印馨香沁。

雷雨何添萧索甚?翻忆年来,听尽闲人谮。谁为我今封一谶。前愁此后深深禁。

菩萨蛮

去年有泪盈腮畔。而今泪尽垂杨院。素月淡笼衣。为谁阶外痴?

长街灯影幻。橙紫眸中炫。夜永不思归。忍将清梦违。

澡兰香·次韵混雪儿

莲开静谧,柳并清幽,晓色暗磨暑湿。蜻蜓点水,紫燕穿林,不是那时相识。正凭窗,敲韵风铃,又引前尘历历。回首已,情怀老却,人慵歌涩。

莫问纷纭旧事,纵有诗思,也归岑寂。三分病态,一点娇嗔,此后问谁消得?想明朝,剪短青丝,应忘生离恻恻。漫觑着,叶露轻悬,颤然如泣。

扫地舞

凝望处。聚恨处。望时恨时天欲暮。风满路,无净土。燕子飞来难解语。此心苦。

梦境里。幻境里。梦中幻中思未已。依旧是,一夕泪。问月江南今去未?共悲喜。

一萼红·莲

　　媚黄昏,是莲开一萼,芳事正堪寻。俏立涟漪,慵依翠盖,恍惚香破清浔。夕阳衬,娇红并脸,更惯听,流水奏鸣琴。鱼唼浮萍,蜂挥舞翅,共荐低吟。

　　料想而今来此,是轮回百转,旧梦难禁。漂泊人间,流离水上,谁记那世光阴?念脉脉,风前认取,过千帆,何处故人音?剩有伤心幻藕,凭雨侵淋。

鹧鸪天

　　深碧何时替尽朱?怜花欲记又踟蹰。怕人词味多相似,愧我情怀却不如。

　　云绕月,月侵庐。诗思已倦罢翻书。闲看茶入玻璃盏,一任浮沉缓缓舒。

蝶恋花

已是雨狂风更纵。流潦黄泥，砌个埋香冢。曾有玫瑰花一捧。如何葬在春之垄？

意绪纷纭难掌控。觅个冰笺，说与词儿懂。写到痴心翻做恸。去耶留也都无用。

江城梅花引

紫薇欲谢遣谁招。暮云遥。水天遥。叶叶青桐。无雨自潇潇。更有穿帘双燕子，飞过也，不留痕，惹寂寥。

寂寥。寂寥。梦迢迢。记兰桡。破碧涛。挽也挽也，挽不住，去意坚牢。剩有残阳，如血挂林梢。君问此愁何日尽，心力竭，骨为灰，或可销。

清平乐

那年遇见。柳絮飘如霰。一说相逢前世面。一说隔生心愿。

与君酬唱知交。笔尖消尽无聊。问讯江南此夜,月痕系在花梢?

荆州亭

茶在指间浅漾。淡月槐花树上。门外起风声。一夕为谁低唱?

顾盼镜中模样。唇色依然深绛。眉角有轻痕,记录忧伤过往。

高阳台

谢尽桐花,开残芍药,天涯芳事无痕。幽院徘徊,晚风淡绕青裙。几声啼过黄莺老,立空枝,枉自销魂。想红尘,多少相知,总是轻分。

思量我亦深情子,奈温柔解语,莫不输人。唯有吟怀,尚存一线灵根。前缘已被流光蚀,更那堪,梦又如云。到君前。心事封藏,佯做伤春。

定风波

昔日吟怀不肯还。残灯影外意阑珊。沙发深蜷眠未已。庭里。催寒暮雨正潺潺。

突忆前尘心欲碎。憔悴。吉他婉转为谁弹?纵有一春花事好。堪恼。每因旧梦误相看。

蝶恋花

深匿相思词却纵。泄我忧伤，翻惹江南梦。梦失与逢天作弄。一怀痴绝凭谁送？

又是梅开唯影共。缓有清风，暗吹香浮动。已惯孤单无复恼。江涯之末君珍重。

蝶恋花·落花

只道怜卿卿肯住。未至残春，何葬阶尘处。开谢风前真自误？花心岂识人心苦。

可叹吟怀空测度。纵有千言，已是难吩咐。他日重来还记否？那年谁俟烟霞路。

水调歌头·游怀柔

  雨罢淄尘尽,远樾接晴虹。拥书点检旧事,不意惹忡忡。欲把忧怀消匿,弃卷独行村野,佳侣是秋风。傍堇葳蕤碧,绕径水淙淙。

  木犀放,芰荷敛,岫如龙。画眉叶底轻歌。婉转和鸣蛩。遥看湖光潋滟,恍若身居世外,顿觉宿愁空。拟在此间住,试问有谁从?

雪梅香·卖唱女童

暮云淡,斜晖懒懒眷垂杨。看东篱金菊,半开半敛幽香。知己相逢入瑶席,有琼浆早满清觞。正欢悦,店外行来,小小红妆。

哀伤。谁怜我,解事双亲,永做参商。暗省经年,未添半件轻裳。欲问谋生为何计,晚来唯有贩新腔。童谣起,字字声声,染尽凄凉。

燕台春·野蔷薇

争巧莺歌,风摇翠葆。蜻蜓闲蹴游丝,依槭蔷薇,何人点染胭脂?轻盈体态如诗,向荒原,尽展芳姿。静幽郊野,标格谁会?

总误佳期,溢香自有,蝶恋蜂萦。奈何怎解,绮丽情思。几经斗柄,秋来霜雪还欺。忍把芳华,付与那,绕径山溪。向江湄,千丈红尘里,或遇相知。

台城游·写在因SARS而无法外出的日子

  日暖催梧碧，雨薄惜花疏。最是东风多事，掀动枕边书。惊起妆台慵坐，闲展胭脂水粉，信手倦容涂。朝晏难出户，管甚入时无？

  发正绾，有旧友。喜相呼。网际楸枰早置，欲斗让侬车。闻语掩唇暗笑，但把寂寥消尽，何必较赢输？战罢迎窗伫，景致已模糊。

水调歌头

  谁道赏花好？花气袭人慵。昔年檐角双燕，朝晏语呢哝。准拟春回庭院，帘幕梁间树杪，自可觅芳踪。睡起春将老，极目旧巢空。

  缁衣着，沉香袅，问天翁。早过妒花天气，何必遣悲风？独步柳荫浓处，来燕却非故识，坠泪浥愁红。料定欲重聚，唯有梦魂中。

鹧鸪天

不惜年来药代茶，却倾瘦骨竞相夸。一怀愁绪凭谁诉？十分凄凉向月嗟。

停怨笛，捻梅花，欹梧着意惊栖鸦。今宵准拟成良伴。却恨双飞入别家。

庆春泽·游湖南

高岫笼烟，葳蕤坠露，兰舟惊破银塘。最喜秋蓂，历冬尚未全荒。倚栏容与。近林翠，远樾茫茫。竹篱边，梅染胭脂，疑是桃芳。

随波罢棹寻诗颂，笑才思依旧，逊与江郎。冰笺闲置，任微风戏红裳。玉觞漫叩和邻笛。醉世间，如许风光。料今生，夜夜梦魂，必系潇湘。

夜合花·再咏烟花

我死之年，我生之夜，冷烟环绕重城。浮华世界，徒做此夕逢迎。想夙愿，总堪惊。向暗陌，枉负深盟。去耶何处？归耶何路？都是悲情。

魂兮渺渺疏棂。花季旋开乍灭，绝似流星。低回婉转，暮空叹息分明。细听取，转无声。剩荒台，灰覆新正。一番风过，痕失难记。曾舞娉婷。

临江仙·除夕寄老师及师母

烟火暗中开数朵，霎时春满楼台。每从惦念谒师来。莫因过往事，枯寂累吟怀。

未有血缘心更近，膝前一样乖乖。娇憨痴语透书斋。从今朝与暮，为我两眉开。

蝶恋花·拟落梅语

一树清妍斜映水。一陌荒幽,一刹寒风起。一朵枝头花萼细。倏然吹折冰河里。

我去我来谁为记?我意如何,我亦无由寄。我梦人间犹未止。那堪误做春前死。

长相思

怕开灯,却开灯。闪烁光环睡不成。那堪月又明。

君泪盈,我泪盈。见说深心难与凭。无情或有情?

定风波

年少情怀记不真。因谁一念黯销魂。那日忧伤君又问。方信。流光磨蚀梦边人。

望断重云添暗影。冰冷。雪花飞堕乱纷纷。半盏红茶闲自品。思忖。此生剩有几黄昏?

高阳台·翻周杰伦之歌曲菊花台

白月弯弯,红窗黯黯,黄昏淡绕秋霜。萧瑟风来,消弭一径残香。谁倚楼阁凝眸久,看菊台,零落堪伤。算今宵,梦有怜花,梦也凄凉。

蹄声铁甲成追忆,况生涯屯蹇,怎奈痴狂。年少情思,翻如暮色苍苍。曾经笑靥无寻处,叹温柔,清影难双。剩孤单,静寂流年,磨损沧桑。

临江仙

　　如梦秋光何处去？菊园剩有残花。风前低面一回嗟。那堪枯草色，吹落到天涯。

　　已惯芳菲容易改，静中岁月流沙。惋然夕照送归车。他年重到此，明月照谁家？

宴瑶池·有寄

　　正远峰松暗柳飘烟，新树亦槎牙。望东风划地，翩跹飞絮，屡探窗纱。犹喜萋萋芳草，携碧缀天涯。解事枝头雀，阵阵欢哗。

　　倦坐小庭荫下，念花城旧友，词赋堪夸。又紫毫挥洒，恰似舞龙蛇。算今生，应难聚首，纵相逢，已老却春花，将深愿，依依寄予，一曲琵琶。

喝火令

霭重迷幽院,灯微映酒卮。已无清兴续残诗。只恐别情书就,意不若当时。

梦浅虚空碍,惟余静夜思。黯然心绪茧中丝。误了良宵,误了绿罗衣。误了几番花事,见也是无期。

东坡引·寄远

花笺香暗绕。词成觉情少。封缄又拆重书道。忧伤都忘了。忧伤都忘了。

荒寒月色,枯竭庭草。只说是,韶光老。纵然消息从今杳。唯祈君更好。唯祈君更好。

贺新郎·秋日感怀

秋色依然好。奈无聊,西风往复,做成轻恼。非是病沉游兴减,是怯连天衰草。怕与我,一般枯槁。翻忆当时谁曾说,被聪明反误韶华了。愁共恨,总难少。

而今旧事如烟渺。望天边,乍生雨意,约云商讨。黯黯乾坤浑欲迫,怎辨黄昏清晓?凭烛火,前程能照?也自静参虚空境,笑终究仍做笼中鸟。梦未灭,只心老。

定风波·记梦

伞下容颜看未真。依稀好似那年人。收拾矜持凭借问。将近。蓦然失却眼中身。

独立长街秋雨冻。深恸。可怜四顾了无痕。哭唤君名终不应。惊醒。分针才转第三轮。

金缕曲

短梦风吹晓。立窗前，一庭清冷，一庭枯草。一径青青梧桐色，之后何从寻到？叹未已，翻然失笑。秋意难谙愁人意，却几多人为秋情倒。写不尽，个中恼。

韶华转觉眉边老。算如今，江南水月，早应忘了。谁料乡心都封在，那本童年小照。空自检，温柔怀抱。望断长街车尘急，剩霜天黯黯浮云杳。追往事，与谁道？

蝶恋花

欲凭荷风消苦夏。静倚桥边，一瓣红莲谢。一瓣旋飞飞叶罅。无边深碧埋娇冶。

恍惚江南初见也。有月分明，有烛交光夜。君是梦中游戏者。梦回我独思量惹。

喝火令

记忆红尘客,相思梦境花。岭南归事望中奢。唯借燕山芳事,聊做一时家。

满卷蝇头字,盈杯茉莉茶。指间旋握度生涯。莫负韶华,莫负月笼沙。莫负素怀深意,作弄恨添些。

采桑子

黄昏漫踏归家路,裙正飘飞,发正飘飞,一任熏风次第吹。

莫言寂寞唯吾是。月已重来,星已重来,烁烁遥空随意排。

浣溪沙

冷寂遥空淡月痕。朔风枯叶两侵门。空阶影绝旧时人。

一盏灯幽沉幻境,半杯茶涩醒余醺。为谁失语立黄昏。

金缕曲·赋聊斋白狐

婉嬺花荫陌。为谁梳,青丝流瀑,颊边飘掠。似水温柔无可寄,都付胭脂桃幄。看莽莽,苍林烟薄。渐有斜阳天外渺,剩凄清残月惊愁觉。挥不去,那年诺。

潜修千载期相略。叹依然,梦中历历,念时空约。堪笑人间非我住,回首俱成靥阁。只换得,忧伤绰绰。纵使从今幽谷隐,料尘心若茧余生缚。君识未,对耶错。

定风波

惯倚清觞块垒浇。诗思酒意两扶摇。一饮前愁都罢了。低啸。满窗翠荫也生娇。

北国莫言花事浅。临晚。芙蕖舒萼向人招。婉转水风吹淡伫。堪住。从今衣带不宽腰。

城头月·本意

谁分古镜荒城挂？半面荷香夜。皎洁三分，玲珑一片，不识人间话。

冷光何意侵帘罅？梦有相逢罢？仿佛依依，分明渺渺，休向西窗下。

百宜娇·莲

蝶匿莲心，柳荫塘外，斜照漫移清影。卷袂熏风，漾波游鲤，翠盖娇红幽并。俏立涟漪，纵浊世，尘心难醒。任今番，开谢默然，倦将悲喜徒应。

犹忆昔，江南月静。昏印烛光微，合眸倾听。呓语书窗，叹息画阁，何使愁怀纷竞？前生一念，是蜃海，虚空迷镜。又归来，记我已非，那时芳景。

宣清·月语

我自茕茕惯，对虚空暮宇，何分今昨。宛然间，抖落清幽，遍天涯，素辉轻著。瞳视人间，有灯光逸，江南深阁。问暗夜，倦持心，谁正徘徊落落？

万转相思，重云惊破，一例荒寒作。纵痴绝尘缘，归时应漠漠。忘了悱恻哀乐。此去分明，是淡痕，眸中忽略。

蝴蝶儿

蝴蝶儿。绕人飞。逐花飞去带香回。鬓边款款随。

频扑娇黄翅，微扇浅紫衣。思量闲适不如伊。暗将前事嗤。

南乡子

　　封锁那年词。已忘难忘独自知。纵有相思浑不若，蛛丝。一世深情绕柘枝。
　　又是梦回时。发覆青瞳拥枕痴。几点流萤幽夜破，深思。赢得纷纭泪满卮。

蝶恋花

　　惟记那春情不了。满架荼蘼，未共风尘老。谁荡秋千林荫道。女儿何似花儿好。
　　长发长裙飘袅袅。一刹娇嗔，一刹银铃笑。一刹痴心随梦渺。空余满径相思草。

减字木兰花·二零一零年除夕及情人节前夜

　　烟花炫亮。划破夜空之怅惘。泯灭梅心。错失君前又一襟。
　　韶华转瞬。葬在春前无限闷。有雨倾城。是我伤心说不停。

减字木兰花

与卿同醉。愁意应随诗意褪。紫蝶轻盈。解向杯前婉婉停。

清醑似焰。双颊微胭偷与染。今我逢君。一任红尘转几轮。

卜算子·杨花

卿是暮春魂,谁道无情思?不见缠绵鬓角边,淡淡萦烟芷?

此意料君知。此意君难似。唯有黄昏冷雨来,都向泥中俟。

芳草渡·月

垂眸处,万山苍。丝柳傍,陌千行。几番欲去又徊徨。深空冷冷,索寞损柔肠。

谁为我,启纱窗。凭影顾,旧时床。当年遗珮莫深藏。今来也,寻不见,动凄凉。

甘州

正春阳灼灼丽晴空,轻暖溢神州。望夭桃郊外,纸鸢陌上,清景堪游。渐有熏风过眼,吹碧饰汀丘。更爱松如幄,独占深幽。

漫步思量前梦,笑几多闲怨,镇日相缪。问炎凉阅尽,谁敌小银钩?算如今,知交零落,念君情,秃笔已难酬。空怀想,水沉明月,波漾归舟。

生查子·月

我本月中魂,惯与红尘顾。渺渺梦边人,隐隐烟中树。一夜一伤心,此意何从诉?天际转微明,影绝君之户。

满庭芳·魔鬼花

我梦依稀,我居彼岸,从来未解情思。竹林荫覆,柳露滟柔姿。偶向尘寰一瞥,绝似电,暗夜轻撕。江南去,徘徊曲院,魅影舞参差。

此魂冰雪聚,君心魔障,何怨妖姿?况天然,非为着意涂脂。佛说空空色相,又谁省,人若灰淄?犹难度,痴儿幻境,兀自不曾知。

水调歌头

飘荡柳凝翠,潋滟水犹寒。垄头旧燕飞来,起舞正联翩。早是迎春吐蕊,更有芳樱欲坼,春色丽长天。风袅暗香溢,人在画图间。

忆前尘,省年事,不堪怜。归家清坐,无聊闲阅子虚篇。却惹诗思渐动,又恐千般心字,费尽几多笺。懒懒绿窗琐,伏案枕书眠。

蝶恋花·流星

谁使遥天张碧幕?更绣繁星,点点如冰灼。惯与月光分荦荦。古今几度劳吟魄。

底事无风犹自落。化破深空。又惹相思错。堪笑痴儿争许诺。年来心字真能托?

金缕曲·作落花语

此劫何堪问?况如今,身无所寄,魄将消顿。纵有余香萦君侧,且莫书成词韵。恐惹得,秋霜探鬓。最记当时枝头颤,奈狂风携雨无端趁。生与死,一转瞬。

残红飘堕沧波润。算明朝,化为尘屑,再无芳讯。诚拜维摩修来世,寄语花中细认,休误却,琴书缘分。吾意吾心吾自晓,但凭他人后人前论,入梦魇,诉幽闷。

减字木兰花·昙花

暗香弥漫。浅睡难分真与幻。兀自清嘉。月为娇颜着素纱。

未曾相认。何忍梦回魂早陨？是我无缘。卿向莲台证涅槃。

行香子

半亩桃花。满目飞霞。正新柳，金点村家。两三钓叟，漫步汀沙。是蓬莱人？武陵客？卧龙些？

剖篁成碗，接水为茶。最堪羡，山野生涯。红尘扰扰，斗尽豪奢。算此中意，个中味，问谁差？

清平乐

风摇影破。灯敛琉璃火。照取痴儿书案坐。又是凄清一个。

曾经梦里欢颜。付于水粉词笺。细细叠成纸鹤，放飞能到江南？

贺新郎·用前尘韵感赋去世九岁女孩佘艳

一个被遗弃的女孩。在九岁死去。墓碑上刻着。我来过，我很乖。

无计留伊住。望遥天，夕阳如血，更添愁绪。可叹人间游一遍，换得凄凉几许。问父母，何怜孤旅？既是耕牛知舐犊，况兰心娇女当呵护。竟舍弃，历悲苦。

而今终使尘缘误。算芳华，方经九载，却成垂暮。应是膝前承欢日，独卧荒冈坟土。念永夜，幽魂甚处？我欲惜卿香焚尽，告天帝莫把来生负，此恨已，不堪诉。

蝶恋花·我为秋枫

林樾飘烟风细细。独立荒原，阅遍尘寰事。离合尽谙无所避，泪凝叶与湘妃似。

君若相思书我寄。我若相思，试问凭谁替？纵使此身犹未死，何堪再客伤心地。

水调歌头·生日自题兼寄小眉

墙角玉梅绽,天际冻云收。寒鸦旋落霜柏,梳羽自悠悠。听取西风低吼,设做湘灵鼓瑟,和韵漫轻讴。夕照正林杪,纤月已温柔。

揽青镜,看影我,两清幽。支颐暗省,年来心事几沉浮?休道生如蝶梦,应惜韶华未几,莫做水中沤。封锁旧时恨,从此不言愁。

江城子·元旦

寒窗渐晓渺银钩。薄霜收。梦仍留。当时犹记,发散愈娇柔。携手探梅开也未,三两朵,亦香流。

而今词笔问谁酬。倚西楼。黯星眸。江南旧地,何日复同游?极目燕山萧瑟里,应不是,为吾愁。

满庭芳·烟花

　　修竹庐环，疏梅径绕。薄霜难奈微风。我居锦匣，月色衬娇慵。聆听笙歌满院，正元夜、乐事重重。钟声起，是君素手，推我入遥空。

　　百花衣上聚，云端炫丽，胜似霓虹。这雅态，何堪见也匆匆？算取人间一刹，应为了、此夜相逢。魂归后，记应只记，最美那时容。

水龙吟·冰花

　　晚风唤入尘寰，何人记取重来我？物华潜改，情怀依旧，晶莹颗颗。历尽轮回，千般变幻，何曾看破？纵峭寒欲浅，炉温正烈，向帘外、玲珑锁。

　　远寺晨钟敲过。看高楼、渐疏灯火。朝阳催暖，倦身难驻，忍沿窗堕。此夜缘悭，是为前世，负君因果？叹人间一刹，幽魂散去，许来生么？

金缕曲·烟花

呼啸随风起。任遥天，冻云重蔼，冷然相睨。衣袂浑如摩诘画，描尽深红浅紫。还道有，群芳染翅。犹共梅花依约惯，向君前展尽般般媚。梅与我，更谁是？

此身纵使知人意。奈清魂，旋生即灭，欲留偏坠。万点千星明复谢，何似纷纷珠泪。添几许，凄凉难已。当日怜吾非关梦，算这番别也心应死。今去矣，莫长记。

金缕曲·听《二泉映月》感赋

曲蕴如斯苦。记从来，听时便惹，寂寥千缕。恍惚慧山明月下，淡淡笼泉烟雾。有乐正，幽幽轻度。婉转高低皆含怨，算凄清每荡垂杨路。悲若此，怎堪谱？

素心应已无言诉。但将他，一怀索寞，尽传商羽。历遍繁华终不见，唯记春花横暮。谁省得，中年哀怒？绝艺难禁存乱世，叹声声都是关情处。抱枕坐，小窗曙。

满江红·用迦陵韵

伫立长堤，看风卷，寒波翻雪。浑欲笑，少年孤傲，此时俗骨。意气渐随残月蚀，幽怀敢向眉峰结？算唯将，悲喜付瑶笺，凭词说。

天不许，盟约裂，天却许，成轻别。叹红尘那敌，梦中迷蝶。屯蹇生涯天锁定，飘蓬羁旅心何怯？念往事，到此尽皆如，浮沤灭。

金缕曲·做鱼儿语

碧水悠然酽。看熏风，吹苏堤柳，唤醒纤萼。翠点天涯花点径，更有飞鸿舞鹤。斜日下，苍松为幄。我自波心凭游弋，又何堪结网无端落？生死劫，问谁度？

相逢不意相思错。算人间，如斯鱼目，怎分清浊？可叹此情蕉鹿梦，浑欲冰心相托。化一缕，幽魂芳觉。且把弱身君腹泊，向奈何桥上前盟索。今只道，世缘薄。

水调歌头

假日具鸡黍,邀友不虚过。尊前一任双颊,玉色间轻酡。此聚当言时事,休笑吾今更是,无计奈愁何。有恨算应绝,闲韵逐年多。

醉昏昏,霜淡淡,影娑娑。西风犹卷黄叶,起舞促欢歌。但惜良辰易逝,况已韶华未几,莫使若飞梭。极目月如练,照水泛银波。

高阳台·梦想篇

不为浮名,非关旧梦,御风忘却归音。种秫南山,如今倦了追寻。闲邀色笔成佳侣,画春阑,花陨香沉,又秋来,雁字丹枫,谱入词林。

娑婆绮丽应输我,有茶煎松下,棋奕槐荫。玉蝶游丝,多情眷绕衣襟。更呼翠鸟凭肩立,听娇鸣,绿醑频斟。醉将眠,被盖熏风。枕倚瑶琴。

高阳台·叠前韵之红尘篇

逐蝶园西,逢君柳外,思量应是佳音。未历芳春,何堪旧梦难寻?世情浑若秋云薄,怅如今,佩失珠沉。闭幽窗,是怯衰红?是恼枫林?

当时碧月归来也,奈苍烟重蔼,忍阻轻阴。对影支颐,薄寒陡觉侵襟。飘蓬北地凭何慰,又谁将,杯浅重斟?想余生,一片吟怀,付与焦琴?

菩萨蛮

纷飞叶碎波心月。参差影顾篱边雪。何物最关情?乱鸦三两声。

禅堂香缥缈。可使尘缘了?合掌诘维摩。病多愁莫多。

贺新郎

　　无语凝屏久。记当时，枫林掷币，赌棋分柚。每至反时呼迷眼，趁把输赢暗纠。犹惯使，长裙悄覆。戏逐黄昏添小恚，向深宵几度流星候。为许个，平安咒。

　　相知料定应相守。又何堪，如斯缱绻，也成虚构？问我深情差谁拟？况寄三千红豆。只换得，残笺盈斗。世事浮云苍犬似，算难分真幻唯斟酒。邀巷陌，北风逗。

减字木兰花·琥珀

　　梦中偶过。梦魇何堪长系我？天外疏星。明灭休从眼底行。

　　睡痕犹在。尘世已经千百载。魂嵌琉璃。做个痴儿独自迷。

满江红·答波心荡

停棹湖心，看芦荻，伶仃傍漠。波照我，素衣青鬓，倦容似削。握卷当消愁绪遑，垂帘不敌狂风恶。正凄清，有嘹唳昏鸦，舷边落。

思逢汝，开紫芍，吟险韵，呼云雀。算黄粱事业，莫如常嚛。况有文章胸臆显，休从梦境书悲作。向尊前，凭醉语欢承，同心诺。

又

睡起凝眸，值天宇，晓星屫屫。青镜对，点朱唇染，彩丝发括。呵手炉偎温暖迫，听经僧释尘波劫。风铃响，问击者谁人？西风猎。

算名利，幽梦芍。身况若，深秋蚨。纵朝来愁细，亦应全镊。他日相逢无白眼，而今唱和多豪侠。念至此，笑我更输君，清才捷。

金缕曲·听歌独角戏感赋

暗夜何惊起？忆重重，梦乡魅影，竟来围裹。恍惚舞台灯幻紫，烁烁光芒十里。迎看客，纷来沓至。幕后浓妆人几许，有演员闲坐登场俟。我亦为，个中子。

是谁策划悲情戏？纵台前，我非旧我，你非原你。虚拟相思随剧灭，谢幕应忘故事。叹我独，痴迷难已。心事欲凭词相诉，叹寄无寄处伤如此。今去也，不须记。

金缕曲·月语

静陌琉璃泻。是遥天，半轮冷月，峭然斜挂。冷看世间多少事，谁辨孰真孰假？谁又把，深情徒惹。朝夕往来来何意？况来时亦若空中画。浑不与，一些话。

合眸寂寂思量罢。剩萦怀，江南蝶梦，背人枉写。我欲随卿卿未许，幻化流星飞下。堕那日，莲开紫榭。忍历轮回千百劫，为相知相惜相忘也？算彼此，两难舍。

满庭芳·昙花

碎玉为魂，碾冰为魄，几曾修得芳幽？深宵来矣，垂睫合谁羞？应为优昙前世，历尘劫，辗转淹留。倚窗畔，昏灯浅印，眉月正当楼。

聆听风信起，花铃敲脆，清韵飞流。看枕边，是君睡靥悠悠。夜色依微褪却，算悲喜，到此都休。和霜去，无人识我，这刹那温柔。

金缕曲·石榴花开

梦有榴花破。偶回眸，红尘刹那，灼然如火。温婉抱香明月下，此夜为谁婀娜。恍惚见，霏烟淡裹。一朵初开柔枝炫，这容颜何似相逢过？是那世，那人么？

失卿只语眉长锁。向风前，折归几瓣，背灯轻挼。依旧缤纷凝望着，依旧无言与我。剩素掌，深红难蜕。四谛聆听终未解，问幽思怎个安排妥？今日劫，彼时果。

生查子

邻女摘青梅,尘土牵衣籔。翻遍粉书包,撕纸层层裹。
巧笑置于怀,娇怯芳茵卧。跷足折花衔,绝似童年我。

金缕曲·听歌《下辈子如果我还记得你》

林外风如咽。最难禁,春寒犹重,探窗纤月。暗淡昏黄浑不似,当日清光莹洁。觅旧曲,残宵唱切。来世若真缘可续,又今生何使心磨灭?听未已,转低咽。

君休笑取人痴绝。问红尘,几多密约,不成伤别?今我难逃多情劫,历此应为天设。寻素稿,焚灰化蝶。到晓歌停蓬门启,叹杨花解向枝头结。凭一树,满庭雪。

鹧鸪天

一望云山泪纵横。寒波沉月两无声。暗中尘事敲三卦,梦里江南过五更。

心已倦,意难平。悲欢此后不关卿。今生绝做他生俟,只恐他生诺更轻。

绮罗香·春风

眷绕梅前,轻萦槛外,着意量春长短?怯怯窥帘,悄把紫衣微扇。越曲径,惊破桃心,入昏宇,拨开云段。遍天涯,一梦回时,巧将萧瑟暗中换。

多情应已见惯,俱爱群芳灼灼,翠禽啼软。哽咽谁知,惟付皱波飘远。向深宵,望月茕茕,看涵空,倦舒星眼。算君侧,是我痴迷,睫边长款款。

庆金枝

酒痕掩泪痕。抱孤影,对残春。何堪风底楝花落,点点睫边匀。

无情悔被多情控,各自各,黯销魂。此心此世未如人。只有月随身。

蝶恋花

谁染园桃红万朵?占取芳幽,树下携琴坐。漫拨清音风与和。娇慵雪犬裙边卧。

几瓣落英沿发堕。莫为花怜,开谢皆因果。如此逍遥谁似我?今朝世事都无可。

浣溪沙·咏月

冷月无情不可期。素辉渐灭暮春时。一弯索寞堕桑枝。

去矣复来来亦幻,亏耶暂满满何痴?为谁夜夜动愁思?

忆江南

千山外,夜色料应同。几点疏星分碧落,一轮眉月映青瞳。村树淡烟中。

千山外,春事渐分明。阶草迎风凝薄露,渔舟摇桨破残冰,波荡戏鱼惊。

千山外,纤柳可青青?每怯梦萦偏有梦,总为情锁不胜情。抱影立婷婷。

千山外,啼鸟两三声,雨后群峰天外碧,睡余林竹眼中青。飞絮舞轻盈。

千山外,望月忆浮沉。许诺原非君着意,探窗莫道竹无心。风叶伴孤吟。

千山外,飞雨弄悲歌。为践来生情缱绻,忍忘今夜恨如何。旧稿费摩挲。

千山外,风竹正潇潇。已惯琴音迷浅梦,难禁花气沁深宵,春夜亦迢迢。

鹧鸪天

料定相逢未可期。中宵漫步惊鸦啼。无风柳叶缘何坠?有月栖禽争忍飞?

人独立,影相依。秋枫谁道解相思?冬来若是飘零尽,问取相思知不知?

木兰花慢·咏蚊香

正涵空云散,星痕浅,月初弯。坐红木妆台,水晶镜畔,淡著青衫。料想魂凝迷迭,故这番吐气胜于兰。还灼微光闪烁,暗中隐约螺鬟。

昙花闲看绽窗前,无意妒娇妍。纵生来一夏,心思千转,已惯平凡。独抱沉沉长夜,任经年幽梦幻成烟。静把此身焚尽,恬然俟子安眠。

喝火令

新月空如醉,流星争忍辞?紫藤香又渺疏篱。谁正素裙微卷,赤足眺南枝。

不见逢春萼,空余别梦诗。几回删减几回痴。对影沉吟,对影睫低垂,对影绛唇轻咬,脉脉忆当时。

蝶恋花

花落身前慵不扫。几瓣轻红,欲点青丝巧。怎奈深情风不晓。未成一梦何吹夭?

绕睫旋飞飞渐小。我欲怜卿,无计卿先老。或将此身花化了。明春应与同流潦。

浣溪沙

好梦沉吟说不成。相忘我我复卿卿。两心未许转分明。

一网沉迷无故事,半生寥落绝新声。此愁幻做满天星。

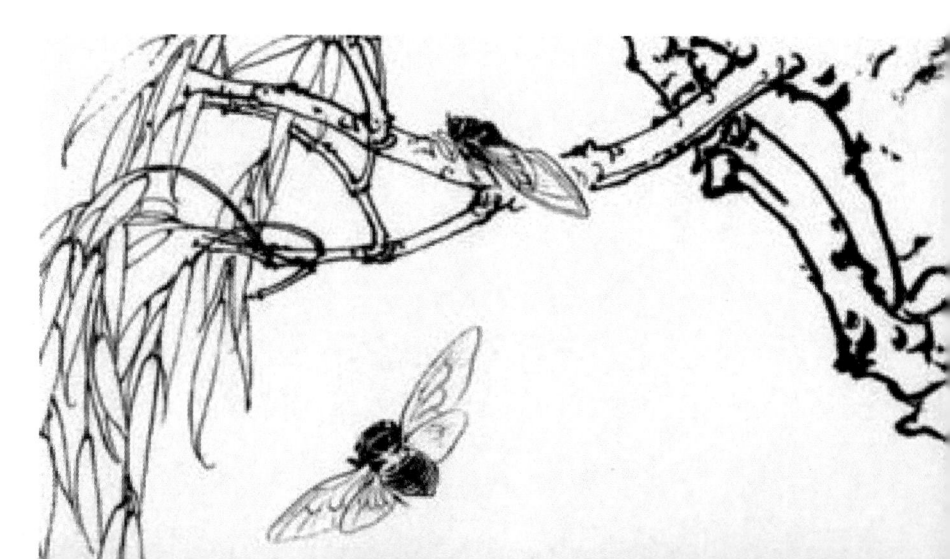

减字木兰花·次韵混雪儿

其一

　　看灯昏冷。偏向纱窗频顾影。发绾帘开。夜气飞绵逼入怀。

　　宿禽乍扑。尘共楝花飘簌簌。纤月将归。怕见人间一梦回。

其二

　　追思旧我。一念如蛾飞扑火。君若秋云。不许微痕印紫裙。

　　此生空自。无辨幻虚何所似。眸暗黄昏。雨点无心也叩门。

其三

　　似曾来过。浅着紫衣谁识我？去矣留痕。剩有青丝颊畔温。

　　此身谁替？幻灭江南都不记。烟雨茫茫。一滴湖心一断肠。

其四

　　我今知命。悲喜从来缘妄境。岁月飞沙。红粉消弭一镜花。

宿禽呓语。婉转低回和夜雨。滴碎荒阶。那日秋千起绿苔。

其五·晚霞

为谁所困。忘却来因难与问。浅浅熏风。惜取天边一抹红。

余光凝草。翠间轻彤尘不扰。未识人言。何许相思到月前？

其六

红尘经过。淡泊虚名能几个？漫步荷田。斜月来时归寂然。

无因无果。无梦今宵犹可可。风影珊珊。听燕呢喃迷远山。

其七

乍晴细雨。恍惚飘红浑欲语。惊破池心。缭乱清波一段云。

无人共我。唯与戏凫同泛舸。影逐流花。此去江南第几家？

自度一

　　呼天诘问。作弄人间多少恨？我北君南。一样相思两处难。
　　词间心上。已烙深痕难与忘。兀自痴迷。不计流光瘦影移。

又

　　丁香飘坠。浅紫眸中都是我。郁郁盈怀。只为前生约与来。
　　感君一顾，无奈花魂谁解语？摇落芬芳。彼夜江南梦里香。

临江仙

　　一树梧桐花似雨，纷纷覆草斑斓。更兼几树柳飘绵。晚霞知有恨，执火欲焚天。
　　谁惜我来犹一瞬，眉痕长锁微嫣。词笺裁取画成鸢。飞高将线断，载梦入山川。

金缕曲·叠前韵

堕絮风惊起。谩无聊,三千素发,指间缠理。凝雪梨花呼蝶恋,婉婉深藏蕊里。诘细雨,黄昏怎至?淅沥锁窗翻旧恨,忆今生枉做江南俟。决绝意,总输子。

赋词莫独为游戏。算年来,似真还幻,冷然如你。勘破聚离天与定,心事都成烟事。叹我更,空怀何已?万字欲删凭键尽,问清愁淡淡能销此?一梦也,不堪记。

喜迁莺·月

月光清迈。念梦逐江淮,劫入心海。缓缓分云,幽幽悬柳,悲惋淡笼三界。斑驳满庭花影,摇落前尘难再。叹一夕微语,尽成虚贷。

流盼明目睐。这生索寞,是谁封谁解?此恸非卿,彼欢失我,爰有旧事深碍。千年温柔遥挂,都与晓天霞彩。忘那夜,正丁香紫漫,合眸相拜。

木兰花慢

绾青丝斜堕,凭风起,漫吹衣。正蝉语喃喃,蝶飞款款,翠荫佳奇。慵步轻分柳杪,看紫菱摇叶盖平池。几朵花开小小,星星粉饰涟漪。

无声偎水过芳期。寂寞不曾知。叹幽幽纤萼,向人清绝,累尽痴迷。谁念此时心事,算这番相遇莫相思。或有他年盛夏,只开与子长持。

金缕曲·《聊斋》白狐

我在青藤陌。历千年,月沉星陨,水荭开落。缥缈岚烟幽庐绕,松伞倾阴为幄。合睫坐,修成人貌。衣袂飘飘飘若雪,看湖心灼灼舒莲萼。偶一瞥,岸之阁。

是君俯首文章著。正回眸,倚帘倩影,未曾逃却。可叹尘缘庄蝶似,依旧痴迷难觉。凭瞬息,相思深缚。谁念此情天不许,算素心应绝人间托。归去矣,忘前诺。

留客住·雨点儿，效铜弦词

暮云乱，更约风，这般凄紧，这般悲掠，又是这般易幻。天涯我又飘坠，暗夜君正，街隅张紫伞。幽幽一捻，任轻旋，莹澈雨珠飞散。

念相见，只换得匆匆，因缘若箭。不尽萧萧，此夕为谁低唤？堪叹滴残心事，付与浮泖，忘来痕浅淡。这般去也，又何人，可替这般深眷？

芰荷香

背芸窗。怕啼痕蓦印，初画容妆。掷纱蒙镜，莫照眉聚凄凉。一番痴绝，换一世，梦断横塘。留去费尽彷徨。我身我控，谁控相忘？

愈忘难忘忘不掉，是花开人各，终老他方。余生长喟，或有词笔江郎。盈笺恨赋，问索寞，能止千行？心事忍付瑶觞。从今不着，那日霓裳。

满江红

词笔轻拈,看旧稿,墨痕斑驳。犹记得,那年临镜,倦容清削。睡魇早教鹃泣散,病躯偏供春寒恶。叹谁更,任誓约深深,翻成各。

情已是,尘屑落。眸已似,天冥漠。对空庭荒寂,折梅长噱。悲月伤花于此绝,吟风赋雪重头作。从今后,锁一世芳心,忘前诺。

江城梅花引

栏杆斜月正昏黄。怯寒窗,对寒窗。影我依偎,慵坐暗思量。岁暮何堪书愈少,数声笛,几行诗,尽断肠。

断肠。断肠。亦难忘。叹萧郎。水一方。问矣问矣,问怎忍,负我痴狂?纵有梅开,盈目更凄凉。料定今生应不遇,从此后,把相思,锁锦囊。

南乡子·写在情人节前夜

永夜倦披襟。腕底寒潮肆意侵。想象世人明日尽,开心。祝语殷勤许海深。

我自冷孤衾。晓色依微透树阴。谁放烟花如血色,低吟。那季玫瑰不可寻。

荆州亭两首 · 八月二十四日中元节之女鬼

其一

　　一盏壁灯幻紫。一朵昙花濒死。谁伫夜苍茫？半截寒箫腕底。
　　吹醒那年悲喜。吹断两心深意。此世或来生，都是相离相弃。

其二

　　发聚暮空暗黑。唇敛榴花血色。栀子白长裙，滑过青苔荒宅。
　　又遇江南旧客。解得千年心迹？相触不能言。湮灭斜阳光侧。

清平乐

　　秋风初掠。摄尽莲花魄。抱膝空阶思旧事，谁许黄昏一诺。
　　年年春色堪寻。为君几误登临。可笑誓言刻骨，可曾嵌个真心。

鹧鸪天·寄受伤的某人

淡有梅香绕枕奇。为谁辗转动愁思?三千幻梦笺犹记,十万关心君可知?

风静止,雪悄移。深寒吩咐绝辽西。相逢一念终无尽,约赋新词应有期。

清平乐

倚窗容与。看取烟花舞。记得屏前人媚妩。惹起相思无数。

梅花何似卿颜?犹兼玉骨姗姗。寄我一行锦字,今宵能佐清欢?

木兰花

支颐慵坐西窗下。一径桐阴深一夏。闲看夕照绛裙垂,远树淡笼浑似画。

风情也拟裁笺写。无奈笔花开已谢。今宵若许梦中来,或与温些前日话。

金缕曲·答人

莫问当年事。怕提时,纷纭旧梦,宛然难避。已是颊边欢靥少,词笔犹疏清致。纵有句,半凝悲意。回首不堪痴儿态,故尘封心底休提起。叹决绝,只如此。

余生合向燕南醉。算江淮,荷塘缀粉,竹溪摇翠。水墨风光如幻景,都是虚空情味。今后只,为君独媚。既许前途长相守,又何管那日为谁俟?况我亦,尽忘矣。

蝶恋花·七夕

满架葡萄阴院落。岁岁今宵。见证双星约。百劫情缘谁掌握。君心此夕还如昨?

几点流萤飞静陌。闪烁微光。映我深深酌。望损青眸无一鹊。去留费尽人踯躅。

蝶恋花·七夕

此夕重来谁唤我？雪袂飘飘，月有微痕堕，淡绕晚风吹蕊破。红莲静水依偎坐。

记得当时君畔过。一瞥深深，一梦长相锁。梦里情思虚可可。年年来去心先惰。

宴清都

露草蛩声紧。遥空有，一颗流星飞陨。伴低眉目，持心合掌，此生轻问。何堪瞬间相认，便惹得，痴儿长信。幽暗倚，那敌风困。寒困。梦困。愁困。

风困。减了莲容，寒困。扇底韶光秋近。拼为梦困。梦困。颊烙睡痕深印。殷勤欲眠不稳。又添得，无边思忖。怅而今，缘去缘来，谁封谁吝？

喝火令

水漾团团月,波浮缕缕云。两三萤火绕幽人。试凭亮光微灼,或与病躯温?

浅映如今我,容颜瘦几分?为谁辗转度晨昏。淡了梅开,淡了那年春。淡了睫边心底,梦影渐无痕。

沁园春·寄远

柳梦萧疏,菊意殷勤,淡隔暮烟。对一街灯火,更添寥落,半张残稿,能促清欢?闪烁萤光,荒寒月色,照取高楼第几间?微微想,想那人此际,孤不孤单?

匆匆电抹流年。应忘了,相知今世言。笑情之于我,愁为桎梏,家之于子,爱做连环。含怡生涯,惟余倾羡,题就新诗寄又难。沉吟久,把忧伤删尽,只剩平安。

江城梅花引

壁灯浅浅映窗台。怕秋来。又秋来。雏菊盆中,紫蕊几时开?俯看楼前车似水,哪辆肯,载人还?暗暗猜。

暗猜。暗猜。累形骸。倦萦腮。泪萦腮。梦也梦也,梦不见,年少江淮。只剩清愁,此夕费安排。或有诗心都未改,终究是,各思量,水一涯。

酷相思

漠漠黄昏云几朵。渐阴暗,空庭左。叹秋深寒深谁念我?问一句,添衣么?寄一字,平安么?

抱枕无眠听叶落。梦不肯,安排个。更风起如咽愁与和。今日已,伤心过。明日也,伤心过?

酷相思·稻草人

其一

　　静立垄头看子去。问谁识,忧伤处。算相忘难忘应最苦。那一瞥,心先许,此一瞥,心空许。
　　已惯茕茕荒野路。任积满,双肩土。叹君又缘何身赋予?春我独,听风语。秋我独,听虫语。

其二

　　独守禾田初霁雨。正天际,云千缕。叹枯草能留魂几许?倦了吧,须归去。算了罢,难归去。
　　我赴人间缘是汝。爱与恨,都无语。任眸底流光弹指去。霜到也,为君驻。寒到也,为君驻。

卜算子

　　俱说别时难,难似归来瘦。未若天涯各一方。管甚相思否。
　　饮尽孟婆汤,抹去三生咒。化做寒宵玉蝶魂,一任风盈袖。

减字木兰花·螺

其一

茫茫暗夜。我在田田荷叶下。苔锁青衫。又共莲花老一年。

露珠倏堕。三两眠蛙惊与和。浅唱深鸣。唤起涟漪梦不成。

其二

我知我命。漂泊红尘如幻境。岁月流沙。一握无痕空叹嗟。

那年经过。水榭菱花星样破。谁正低吟。唤醒相思忆到今。

其三

此身如寄。谙尽炎凉谁与替？落落幽怀。深锁眉心无计开。

问天何弄？一段情缘归一梦。数载分离。别绪依然未转移。

高阳台·次韵谢涵洁

荻叶萧萧，秋风淅淅，席终醉枕亭栏。夜雾飞烟，何须竞递深寒。蒙眬眼望朦胧月，问婵娟，肯否流连。照家山，黛色依微，浑若云鬟。

羁留北国非吾意，况归心怎敌，云水三千。堪笑年来，闲愁宽尽衣衫。几番欲践三生约，为虚名，误却前言。到如今，老去情怀，不似当年。

金缕曲·次韵楼飞飞并赠

我亦芳菲误。这年年，桃花似海，屡随尘土。已惯韶华留不住。此恨无分今古。况岁月，潜移朝暮。天意从来难与改，便由他冷冷人间顾，君莫为，思量苦。

万般心事凭诗语。算清愁，千行写罢，应为春絮。眉睫轻萦终飞去，化入茫茫云宇。一转瞬，再无觅处。漫卷长裙庭院去，向青桐叶下闲听取。和韵有，晚来雨。

喝火令

其一

梦境逍遥客，红尘落寞魂。倦身无计避悲辛。流浪未谙花事，只说厌芳春。

爱待更深后，眉峰独自颦。一怀心结酒堪温。淡却当年，淡却两情真。淡却此生终究，同是陌边人。

其二

一样秋之色，凝眸各不同。我看枫若旧时红。君看满天霞彩，低喟转头空。

见说斜阳尽，归从第几峰？任他来去自匆匆。且惜今朝，且惜暮烟中。且惜指尖轻握。君我两从容。

其三

秋色浑如染，枫情若为焚。一天风雨暗侵门。卷起茜纱帘子，吹梦不留痕。

旧事存多少？青春挽几分？漫开妆匣细涂匀。画出纤眉，画出粉红唇。画出那年娇媚，顾影已无人。

蝶恋花·词韵十九部之一

其一

　　淡淡霏烟帘隙涌。淡淡忧伤，淡淡黄昏纵。淡淡颦眉难与控。许多往事输于梦。

　　记得此生相约共。那夜灯前，那夜轻呵冻。那夜风琴含笑弄。一思量处翻成恸。

其二·婉婉[1]日记

　　短梦回时慵半晌。长睫低垂，怀抱咿呀唱。小小燕儿花羽亮。年年春日都来访。[2]

　　突转歌声成哭嚷。要学高飞，好向蓝天上。本拟相嗔终与谅。爱她娇怯无辜样。

其三·旧伞

　　闲坐窗前青伞理。角绣花儿，几朵朦胧紫。淡有污痕难净洗。买时情状依稀记。

　　静倚墙隅光影里。一念携归，一握三年矣。渐老容颜卿不弃。相依风雨谁能似？

1　婉婉：两岁半之漂亮女生。
2　有儿歌曰："小燕子，穿花衣，年年春天来这里。"

其四

　　静水红莲开已暮。岸柳轻黄,萧瑟江涯路。为问秋光谁约住。又添几页忧伤句。
　　一字笔尖愁一缕。万字书成,转觉无情绪。减了芳华知几许?人生叵耐流年去。

其五 · 婉婉日记二

　　小小佳人怀抱赖。轻敛眉儿,指向庭园外。其意未谙深不快。娇憨噘嘴犹堪爱。
　　百问才知因所在。看那墙边,木槿初流彩。要摘一枝为我戴。扮成动漫花仙态。

其六

　　一夕叶缘黄一寸。满陌苍桐,俱送秋之信。日上高楼添绛晕。高楼依约浮云困。
　　谁道如今都是恨?桂子花开,凝伫迷香阵。缓有西风林杪趁。频吹金蝶青瞳印。

减字木兰花·曾经一组

　　曾经之夏。窗外凌霄爬满架。谁做花环？俟我深眠到枕前。轻轻项挂。睡态娇憨油笔画。已隔多年。每一思量一粲然。

　　曾经之夜。淡有月痕窗外挂。谁在轻嗟？谁在楼阴弹吉他？帘开一隙。书个笺儿风与递。相顾嫣然。回忆纯真是少年。

　　曾经之物。载我相思深刻骨。赢得凄凉。只说封藏容易忘。偶然开启。刹那前尘都记起。画似当初。画里容颜已不如。

鹧鸪天·寄人

　　卷地秋风起怒号。归途万叶正飘萧。每因温饱沉腰折，时为残诗潘鬓搔。

　　名似锁，利如牢。此生何辨两相高。莫如写就闲文字，与子今宵慰寂寥。

卜算子

月引木樨开,散做迷香阵。淡绕灯前寂寞人,暗诉秋来信。

抱臂尚轻寒,风又频相趁。我为悲秋强做词,秋又为谁恨?

鹧鸪天·十六夜记

此月依然照井梧。彼心浑不似当初。相思已转成虚幻,快乐何须问有无。

花黯淡,叶萧疏。一灯一影更谁孤?人情都道千般好,解我愁怀总是书。

白菊

纷飞落叶。难掩陌边花似雪。开在西风。淡沐流霞一抹红。

天然清绝。何惧秋深寒彻骨。缓释芬芳。恍惚当年梦里香。

生查子·翻做君生我未生

君生我未生,年少为花恼。待得我生时,一纸凄凉调。
问天若有情,许我青春老。他日共君归,相与黄泉好。
君生我未生,岁月眉间老。我似顾春花,君若悲秋草。
他年君去时,绝做伤心悼。各自化青烟,风里同缠绕。

生查子

其一

君生我未生,帘外花荫重。此夜我来时,结个尘缘梦。
相逢已不多,相拥无须恸。纵使不同生,但可新坟共。

其二

君生我未生,滴损芭蕉雨。辗转堕江淮,心事终如许。
依依忘计年,戚戚无多语,同日不相生,同死安能拒?

酷相思

冷月流烟枫滴露。又牵惹,凄凉赋。望阡陌当时分袂处。梦不是,君相误。梦只是,侬相误。

别后韶华谁与度?看过客,真无数。叹依旧苔封阶外路。春伴我,窥窗雨。秋伴我,窥窗雨。

庆宣和

衫似丁香髻似螺。皓腕谁拖?见说平湖放新荷。去么?去么?

荷叶杯

一叶沐风临水。青翠。曳黄昏。更兼初上柳眉月。清绝。两销魂。

南乡子

秋意冷黄昏。醉里情怀记不真。呵手空庭寒沁骨,愁痕。袭上眉峰第几轮?

枯叶欲封门。剩有霜枫绛色匀。我已无聊君底事,如焚。飞堕裙边逐世尘。

寿星明·贺长师七十寿

菊意萧疏,枫火殷勤,暮色笼烟。对灯凝淡紫,睡痕褪尽。眉匀浅黛,思绪无边。想此佳辰,津门郊外,谣诼由他谈笑间。平生总,秉清心傲骨,逐鹿词坛。

膝前也拟盘桓。愧只愧沉浮商海难。托毫端拙句,肯消块垒?杯中绿醑,得促欢颜?七载师恩,何言为报,唯有焚香到佛前。从今后,愿双亲为我,日夜平安。

醉公子

宵永罗被冷。朔风惊梦醒。袖手立深寒。月明云外山。
此意谁能晓?欲哭翻成笑。我未改当时。君心已不知。

蝶恋花

倦坐黄昏寒愈紧。发覆眉心,眸底愁轻印。枯叶纷飞封旧韵。拈来卜个人归讯。
　一别经年多少闷?最是重来,依旧输相问。今世不如君意吝。他生结个无情分。

蝶恋花

一梦回时愁更紧。数载相思,烙做眉间印。纵使书成千叠韵。依然不得闻芳讯。
　堪笑情深空郁闷。寻遍江南,憔悴何人问?若是君心真不吝。如何世世都无分?

梅花引

夜荒寒。雪消残。前事相忘真个难。橘灯边。橘灯边。残稿几张如今谁与看?

梦中莫不那人影。梦回独对虚空镜。有何欢?有何欢?唯有遥空一轮明月圆。

踏莎行

雪色铺绫,梅心摇粉。可怜春事无凭准。一枝柔萼曳颓墙,冷风起处消芳信。

前世多情,此番空恨。缘深缘浅徒相问。余生若在种相思,相思只合从伊尽。

减字木兰花·写在情人节之后

月痕清绝。一捧玫瑰浑似血。君说情真。世界皆凭此物陈。

低眉轻问。若是明朝枯萎尽。再种相思。我又凭谁报汝知?

虞美人

丁香紫印轻寒夜。又是春阑也。睡痕褪尽梦痕时。莫问此宵心续共谁知。

芊绵依旧阶前草。岁岁和人老。花开花谢任匆匆。闲逐一庭飞絮舞东风。

鹧鸪天

世态从来辨未真。深情转觉碎如尘。时间冷淡看花眼,岁月摧残织梦人。

灯锁影,雾迷津。一思量处泪纷纷。当时温婉谁之语,刻做心间不灭痕?

高阳台·寄月白风清生辰

料峭西风。殷勤急雨。黄昏齐访书斋。着意敲窗,声声滴破苍苔。秋深只说多萧索,喜芙蓉,解语争开。为今朝,与贺良辰,特地重来?

天涯一遇三年也,纵音书少寄,依旧萦怀。记我当时,寂寥网络徘徊。凭君笑语闲愁绝,算此心,未改休猜。告余生,妙笔常持,莫负清才。

江城梅花引·咏愁

经年何意自横行?怕卿卿。遇卿卿。眼角眉峰,日夜总相萦。哪管病怀成索寞,一例是,逼人来,无变更。

变更。变更。最堪惊。梦已醒。鬓已星。数也数也,数不尽,几度愁生。减了韶华,输了旧心情。往事如烟真幻灭?谁料想,到今朝,更分明。

沁园春·咏无心花

　　竹院清幽,篱外婷婷,底事争开?著朦胧粉紫,临风摇曳,回环深碧,媚骨低回。几瓣娇妍,相依相压,旋转花痕绕旧斋。黄昏里,对斜晖一抹,影暗空阶。

　　前生意绪难猜。想应是,曾经痛与哀。故趁愁未渗,将身幻灭,无心可蚀,方肯重来。百变尘缘,千番离聚,已绝温柔渺予怀。犹忘却,为何人月下,素手亲栽。

蝶恋花·寄旋涡儿

　　俯首案前灯炫紫。淡锁青瞳,半卷湖蓝纸。写罢新词都剪碎。依然角有凄凉字。

　　一捧随风飞散矣。万里江南,此意真能寄?君为他人清泪止。遗忘我是痴情子。

蝶恋花·叠前韵寄段小愁

　　幻里丁香凝淡紫。愁结今宵,情结词人纸。暮雨滴残花萼碎。化成千万相思字。

　　我在君心前世矣。我梦依然,徒做江南寄。只说前缘犹未止。重来却是忘情子。

减字木兰花·寄人两首

其一

　　与君初见。霜叶暗红秋已半。一瞥深深。错被相思累到今。

　　来生许我?此世痴迷犹未妥。寒夜重逢。或有伤心各不同。

其二

　　与君初遇。淡紫丁香飘似雨。相约三生。何惧山程复水程?

　　他年老去。对坐灯前低说与。那夜楼台。一样深情枉自猜。

干荷叶

干荷叶。在江南。折梗西风岸。绿痕残。水波寒。夏花心事奈何天。痴绝无人管。

干荷叶。染秋霜。乱影波心荡。失青裳。倦残阳。一生一岁足凄凉。梦也终难忘。

怕秋深。又秋深。应了离人谶。雾沉沉。夜森森。绿裙不系少年心。此恨何堪品。

临江仙

半盏余茶开茉莉，倚帘袖手清寒。那堪宵永不成眠。影幽如暗魅，霜重冷千山。

已惯年来愁附骨，病怀谁识艰难？更兼旧梦转纷繁。曾经深一诺，此夜两无言。

贺新郎

  醒了江南梦。正黄昏,发丝飘散,朔风吹动。淡淡夕阳光几缕,冷冽窗前何用?消不得,半分心痛。独自恹恹欹孤枕,有手机消息谁传送。读一句,是珍重。

  相离只说相忘共。又那堪,这番再惹,泪珠翻涌。休笑而今词笔倦,更被愁牵病宠。抱寂寞,寒烟暗笼。谁复当年殷勤语,把刻骨往事深深控。此后我,绝悲恸。

沁园春

  旧事如烟,旧约难凭,旧梦可销?折枯花秃笔,残词脉断,青瞳罗影,冷月天高。记忆芳菲,持心悲喜,都在横波彼水遥。琴书梦,付深宵炉火,默默焚烧。

  霜风已是萧萧。又何必翻衣促寂寥?想少年情结,难存幻想,燕山世态,只剩萧条。天外星稀,壁间灯暗,静向时空渐次凋。无眠夜,对一窗寒彻,万叶飘摇。

唐多令·寄王胡子生辰

　　瞑色掩栖鸦。薄光灯影斜。绕轻烟,浅碧窗纱。谁正拥书眉淡锁,一思量,一咨嗟。
　　依约有梅花。飘香度岁华。是为君,特地清嘉?肯负我今深愿语,随明月,到江涯?

江城子·寄烟霏生辰

　　粉红灯炫暮烟霏。晚风吹。影依微。静倚昏朦,淡月又檐西。暗省屏前来复去,难聚首,莫非伊。
　　流光过隙转佳期。写新词。佐芳卮?路隔三千,难劝酒痕滋。寄语今宵沉梦里,休忘却,旧相知。

蝶恋花

灯色朦胧眠不稳。乍有风来,吹起清寒信。素指侧身唇浅印。冰凉此际无人问。

昨梦深深深几寸?费尽思量,换得君心近?他日江南相与隐。眉间或失春前恨。

蝶恋花·叠前韵

莫道我今心未稳。是怯经年,谙遍凄凉信。谁刻深痕眉际印。谁将旧事从头问?

一念回时愁万寸。万寸愁生,赢得霜丝近。帘外风铃听渐隐。指尖弹尽梅花恨。

虞美人·次韵方知秋

冰花窗结寒深透。病事催人瘦。年来已惯是伤心。此后拟将思绪转低吟。

曾经梦有芳菲路。难挽芳菲住。长街灯暗树斜斜。不见当时月色照江涯。

高阳台·再翻周杰伦之歌曲菊花台

楼阁霜凝,朱窗月映,静中伫立何人。冷绝西风,那堪频惹销魂。掌中当日黄金甲,到如今,锈迹深匀。细思量,世事从来,变幻秋云。

菊花台更幽香失,剩残枝断梗,眼底横陈。此后芳华,唯凭梦境追寻。笑颜记忆难更改,只无谋,能使留君。且相忘,那夜谁为,拭尽啼痕。

减字木兰花·次韵方知秋

其一

前生斗柄。守护四时朱碧影。今世梅花。谁看玲珑著绛纱。

冰寒骨相。只合江南春水葬。遗我相思。化为漩涡知不知?

其二

雪花似我。淡着温柔犹自躲。我似雪花。风里飘摇无处家。

此身何在?化做冰凌归碧海。他日梧桐。烙有清魂翠叶中。

其三

深冬独立。世界萧条余水碧。林樾飞霜。淡抹苍寒到夕阳。

天心有泪。幻化星辰人识未?闪烁云前。望断人间又一年。

其四

是谁为我?百劫深情犹似火。未改经年。魂梦相从一水间。

君名附骨。九转轮回忘万物。重到梅前。记忆分明最可怜。

其五

　　台灯荧碧。此夕为谁空伫立？猎猎风来。雪意交相逼九垓。
　　无边清冷。睫有霜凝犹自等。心字成尘。不识虚空梦里身。

其六

　　无声清泪。滴损芳华君识未？九转回肠。一种痴迷两处伤。
　　此生成恸。此意输于庄蝶梦。此夜徘徊。冷月微痕转觉哀。

其七

　　今生今世。身与莲花终不似。今世今生。梦隔江涯梦未成。
　　他人为我。静里聆听飞雪堕。我为他人。忍历三千劫后尘。

其八

　　谁如旧我。淡泞光中枯寂坐。旧我谁如。此夕欢欣颊畔无。

　　三年一刹。掠夺韶华空恨煞。一刹三年。剩有离思到酒边。

减字木兰花·夜坐

　　此时心事。是喜是悲皆不似。闷倚灯前。寂寞无边月影寒。

　　那年之我。巧笑盼兮花骨朵。刹那何存。或有词笺记淡痕。

鹧鸪天·自嘲兼寄寤堂

　　孤僻襟怀难入时。知交渐渐信音稀。苦吟险韵人堪笑,难掩愁心君莫嗤。

　　残月起,老槐低。江南此夜不相思。屏前清影无寻处,剩有诗笺和泪持。

沁园春·生日感怀

半盏咖啡,半握青丝,半倚桌边。看玻璃折射,夕阳闪烁,灯台影映,玉镯鲜妍。想此佳辰,我生之夜,谁唤来将人世间?思量罢,是梅花相约,共历尘缘。

江南江北盘桓。已忘了,飘蓬多少年。况琴心磨灭,难分真幻,诗思枯竭,怎写悲欢?一点聪明,十分寂寞,都付庄周蝶梦边。流光过,对荒寒明月,各自无言。

点绛唇·赠行止江南芳辰

行止江南,一川梅萼凝红粉。暗香成阵。眉月微光衬。

风过窗前,持有春来信。垂睫问。肯将幽恨,为子都吹尽?

蝶恋花·戏赠行止江南并贺芳辰

行止江南烟水榭。有月弯弯,有紫灯光射。有女青丝如瀑泻。一回首处犹娇冶。

翻忆莲花开那夜。与子初逢。说尽相知也。记我深心词里话。来生休向他人嫁。

江城梅花引

冷霜缥缈湿苍苔。盼梅开,怯梅开。唯恐梅开,不是粉红腮。不是江南烟雨下,那年春,密密栽。

密栽。密栽。倦形骸。倚窗台。看晚街。数也数也,数不尽,人去人来。多少思量,合向梦中埋。纵有伤心成百转,应只在,背君时,独自哀。

声声慢

枯花笔折,凝怨词删。不将旧事存留。梦里菱花河涸,绝载归舟。曾经指间相约,到此时,各自都休。对暗夜,抱无边寒寂,趺坐深幽。

淡了江南记忆,望处是,长街灯火初收。可笑少年心意,欲结盟鸥。那堪人情镇似,远云端,变幻银钩。想今古,总繁华过后,剩有荒丘。

鹧鸪天·感论坛事

风扑暮烟冷小窗。倦眸锁定旧文章。指尖翻罢诗三页,唇角平添泪几行?

追往事,暗思量。繁华过后转悲凉。纷纭墨客无从觅,疑是曾经梦一场。

江城梅花引·次韵月白风清

每于江岸费逡巡。眼中云。水中云。变幻无常,缭乱绪纷纷。欲把幽怀书几字,奈笔拙,更才疏,写未真。

未真。未真。暗销魂。寒一身,雾一津。锁也锁也锁不住,旧梦成尘。共我风前,残叶舞殷勤。倦了人生情与恨,从此后,向流光,蚀淡痕。

蝶恋花

梦有丁香开淡紫。香结窗前,愁结人间世。一刹韶华春去矣。芳痕记载谁家纸?

遗我相思明月地。明月归时。心事何从寄?那季深情都是戏?如今空抱回环意。

鹧鸪天

曾向前生问此生。前生可笑亦多情。丁香梦在愁中灭，吟笔花从意外平。

分对错，判输赢。浮华世界一楸枰。我为棋子君如是，同困山程复水程。

清平乐·格林童话之小红帽

花儿娇俏。采采深红帽。腕底食篮香缥缈。一路歌谣来到。

外婆怎做狼身？眼睛大大勾魂。睡里猎人偶过，重开生命之门。

生查子·寄林墨狐生辰

中宵睡不成，窗有冰花锁。幻想月分明，独照江之左。谁持酒一杯，红烛光中过。我念每关君，君或相思惰？

清平乐·格林童话之睡美人

荒凉城堡。荆棘藤萝绕。百载沧桑王子到。誓说美人寻找。

唇边一吻魂归。天涯开满玫瑰。解了那年诅咒。芳菲莫与纱锤。

清平乐·童话故事之卖火柴的小女孩

雪花深冷。除夕窗前影。幻想烤炉香气盛。凄婉一生薄命。

火柴凭束微光。果真能送天堂？世界欢声此夜，无人知子悲凉。

喝火令

恍惚初相见？流光倏一年。几番来去费流连。唯剩半轮寒月，昏荧照窗前。

我意无更改，君心或已迁。望枯灯色总难眠。记得花开，记得柳飞绵。记得指尖深握，娓娓耳边言。

蓦山溪·用小眉韵也做诀别词

背灯泪堕,唇角微微烫。捻破水红笺,向暗黑,飘成凄怆。冰寒时节,记忆有丁香,烟渺莽,人怅惘。风雨呜咽唱。

此后谁将,说我应无恙。梦外或能逢,只梦已,痕消心上。今生终究,不懂解相思,须淡忘。莫守望。绝了深情状。

喝火令·用沧海怡然生韵

岁月芳菲转,诗情未许移。与君相见不相思。唯凭淡红笺子,聊记那年词。

墨染纤纤指,愁侵淡淡眉。宛然心绪倚帘帏。望断行车,望断影参差。望断一街灯火,梦也怕人知。

虞美人·记江南古宅

忧伤眸子空如洞。记忆菱花梦。那年那月那楼台。只剩枯藤荒蔓绕窗来。

暗红壁上谁曾识。斑驳镏金字。千行小篆不分明。唯有相思一句逆光横。

蝶恋花·格林童话之白雪公主

白雪凝脂天与妥。镜底神灵,一语成灾祸。逃向森林愁负荷。暗中谁踩裙边过?

七子纯真堪惜我。不识埋魂,冢有红苹果。白马来时魔咒破。他年只被温柔锁。

定风波·与徒弟水晶生辰

灯似繁星月似弓。纱窗倦眼两蒙眬。名分师徒情姐妹。相对。无心花[1]外证初逢。

爱子纯真如璞玉。归去。余生长记笑音容。值此佳辰何所赠?唯剩。几行新句说玲珑[2]。

临江仙

小院深寒灯隐约,遥空月蚀残云,此生十事九悲辛。病怀随索寞,反侧度晨昏。

点检前尘何所悟?流光暗葬青春。当时深诺转无痕,从今归去也,一世两离分。

---

1 无心花:与水晶初见,一起赏花,名曰无心。
2 玲珑:水晶有名为玉玲珑。

南乡子两首·代民工书

闻包工头携款而逃。家附近建筑工地部分民工无钱回家,而工地工程已完,民工已不许继续居住在工地。民工们拿着单薄的被子,在北方的岁暮栖身于废弃的桥洞。别说吃饭,连打个电话回家的几毛钱都没有,故借余手机与家报平安。听之甚觉可怜。遂记。

之一

城市渺行车。独有寒禽立树桠。共子桥头成瑟缩。悲嗟。除夕亲人各一涯。

呵手背风沙。含泪平安说与家。幻彩烟花开灼灼,清嘉。电话声中笑语夸。

之二

灯色尽红殷。爆竹声声歇又还。江北江南皆贺岁,潸然。独坐荒桥一袖寒。

掐指算经年。镇日辛劳值几钱?更被工头携款去,何堪。人有团圆我不圆。

减字木兰花·与鱼儿生辰

君生之夜。灼灼灯光微月下。恍有天花。世界幽香淡隔纱。

持心聪慧。偶瞥江南成久醉。一朵梅开。一抹殷红幻做腮。

木兰花慢·烟花

是何人为我,著一袭,紫红绸?过城市边缘,繁华之外,暂做停留。瞳敛霏微夜色,向层云暗黑说优游。几度徘徊呓语,旋飞隔世重楼。

去耶住也费绸缪。旧梦不胜愁。叹梦里相逢,幻中相失,谁舍谁收?唯把玲珑心事,化寒灰湮灭料应休。开尽此生妩媚,换君刹那回眸?

减字木兰花·记江南游古宅

雕花窗上。凝结冰凌成久望。有月清光。一瞥回眸九转肠。

前缘忆遍。那季芳华空眷恋。此后多年。赢得幽思到枕边。

高阳台·月

拥玉成魂,堆云若发,世人唯道孤高。初印遥空,晚霞灼灼相烧。往来朝暮无穷尽,叹缺圆,谁识无聊?只清风,林樾穿梭,与赠幽谣。

依稀记得前身里,正梅花院落,有雨轻敲。惊梦微醒,抱衾呓语如猫。暗中恍惚君曾过,为我留,一纸深宵。嘱今生,腕烙朱砂,认此为标。

鹧鸪天·闻陈晓旭出家有感

君悟今身历劫身。皈依礼佛涤芳魂。梨涡深向梵音现，眉黛微从蚁殁颦。

前世果，此生因。空花幻梦最迷人。可怜我未先勘破，悲喜终成过眼云。

蝶恋花·与清角兄生辰

料想岭南春绰约。柳色初苏，拂面金丝掠。淡有熏风云漠漠。花灯街市开如灼。

我叩佛前深愿托。一个平安，一个长欢乐。一个忧伤都忘却。今宵只为君来索。

蝶恋花·寄东篱蝶兼贺生辰

初遇依稀明月下。蝶舞翩跹,飘过芳菲夜。恍惚梦中曾见者。重逢前世之娇冶?

偶瞥新词温婉写。摄我诗心,相惜相知也。此夕梵音堪为籍。许君莫使愁轻惹。

减字木兰花·题汉服北京朝阳公园活动

消残白雪。满径深寒风凛冽。吹动霓裳。广袖飘飞迷转廊。

君休笑我。着此华衣为婀娜。国粹弘扬。非是痴儿梦一场。

古风·题汉服北京朝阳公园活动

谁着汉家衣?傲伫深寒里。雨雪两茫茫,为我久凝睇。此意弗为猜,彼梦犹堪会。华夏一何姣,儿女一何美。振兴汉之邦,问君知也未?

鹧鸪天·次韵十四部

其一

　　爱恨深知幻梦中。依然刻骨念相逢。去年燕子伶仃老,今日桃花寂寞红。
　　枯笔墨,想音容。阑珊诗意每因侬。愁思催得相思重。君有相思却不同。

其二

　　酒入愁肠泪入盅。一番雨破碧桃风。待传春意花先递,欲寄春心梦不通。
　　街寂寂,夜蒙蒙。繁华过处剩虚空。静依暗黑思量久,君意难如我意浓。

其三

　　百转愁肠唯自知。于无人处忆当时。付君襟上千行泪,遗我灯前几首诗。
　　云淡淡,昼迟迟。春风不肯解相思。无端吹得桃心破,灼灼临窗开一枝。

其四

　　纵使伤心犹可书。那堪涸澈失双鱼。吟怀尚有三分在,幻想何由一点无?

风满袖，泪盈裾。前尘昨梦未全殊。茫茫世界谁为偈？望处寒空残月孤。

其五

柳渐鹅黄春渐回。东君芳事早安排。李梨腮白纵横绽，桃杏衫红次第来。

香静陌，影楼台。一番烟雨绝尘埃。此开彼谢寻常见，莫与相怜莫与猜。

其六

似我痴儿谁与珍？悲欢领略堕红尘。笔尖身世非关恨。梦里江南未必春。

人已倦，酒初醺。忆君相识幻耶真？幻耶偏觉心微恸，真又何如陌路人。

其七

此刻心思未敢填。填来怕似去年笺。遥看柳意将盈陌，欲写春情难足篇。

苍蔼起，暮云环。暗中谁与认朱颜。倏然掠过穿堂燕，不许清幽不许闲。

其八·反咏凌霄花

未比群芳颜色姣。凌空堪笑欲扶摇。攀高意被风吹折，争媚心为雨打消。

香渺渺，梦迢迢。凋零谁记说妖娆？重开莫恋繁华处，且惜芳菲衬野桥。

其九

总为吟怀费琢磨。悲词惯比乐词多。愁心起伏寒潮水，病事纠缠野茑萝。

灯黯淡，月婆娑。指间弦折不能歌。莫非应我空门谶，暗示尘缘到此么？

其十

昨梦之人彼岸花。聚离轻若指间沙。开帘楼外浮云远，俯首裙边孤影斜。

怜落日，感韶华。骤风响处似悲笳。无情吹得残梅尽，几瓣飘飞何处家？

其十一

附骨忧伤系一生。乍颦乍哭又三更。月华皎洁耽清梦，时序潜移蚀旧盟。

真索寞？更伶仃。吟怀可笑总多情。从今纵有相思意，埋葬深心不与倾。

其十二

　　昨日深情到此休。只从花月转青眸。春风有意吹云散，春水无心载恨流。

　　停笔墨，上层楼。斜阳光外淡烟浮。扶摇燕雀双飞去，遗我黄昏一缕愁。

其十三

　　鬓雪何由肆意侵？遥看弱柳渐成林。欲倾杯酒风欺袖，已失知音尘锁琴。

　　新视野，旧胸襟。于相思外动愁吟。此生一遇修千载，纵转轮回不转心。

其十四

　　北国云天绝翠岚。春寒深锁雨廉纤。渐开晓色枯灯暗，骤起风厉惊梦酣。

　　穿小院，拂窗帘。吹开尘积旧时函。咄君何必无聊甚，揭我伤心不许缄。

蓦山溪·为余设计之汉服

揽云半幅,画出玲珑线。裁做少年时,幻想中,裙裾柔婉。曾经梦里,一袭雪衣裳,灯影炫。睫低颤。巧笑江南岸。

与君初见。浅握红油伞。采采水莲花,有晴霞,湖心明璨。翩飞广袖,恍惚古敦煌,琵琶反,谁无怨。为我青丝绾?

蝶恋花·记情人节

谁握玫瑰香暗送?一束嫣红,万转幽思动。我倚墙隅唯酒共。此生错有持花梦。

已惯孤单无复痛。已惯苍天,冷绝因缘弄。做就世人清泪涌。可怜依旧痴情种。

金缕曲 · 自况

对镜真无奈。笑原来,我身终究,俗脂庸黛。曾有三分玲珑味,早被虚浮替代。想昔日,诗情安在?最爱檀烟青莲色,但倦躯偏使红尘碍。蜕不尽,女儿态。

持心痴绝何从改?更由他,乍歌乍哭,任人言怪。谁在春前封一谶,落个空灵境界。又都教,流光出卖。寄语苍苍如解事,便他生许向悲欢外。浑忘了,胜耶败。

高阳台 · 油纸伞

一直以来想拥有一把很正宗的油纸伞,某天,费了许多心思,终于买到,却在不经意间丢失,遂做此词以记。

恍惚桐阴,分明院落,斜阳影外何人?鬓角微霜,低眉俯首凝神。几张白纸悠悠剪,向边缘,赭石轻匀。蘸朱砂,点做梅花,勾出清魂。

迎风撑起玲珑骨,似曾经年少,梦里之痕?水岸烟霏,偶然一瞥情深。相逢只说长相守,又如何,错失红尘?叹从今,我与卿卿,两处难寻。

高阳台·再题余设计之汉服

　　古曲悠扬,沉香淡袅,窗含翠影重重。素手无尘,轻摩织锦玫红。幽幽剪做缤纷片,把女儿,心事深缝。嵌裙边,一段吴绫,罗影青瞳。

　　霓裳梦已由来久,只将书笔拙,欲画难工。此际衣成,或能解我情衷。镜前顾盼翻失笑,笑如今,空剩娇慵。是何时,仓促流光,磨损芳容?

蝶恋花·病中

　　泪眼蒙眬开半缝。一扇窗阴,几处玫瑰冢。曾有芬芳难与共。当年何必殷勤种。

　　如焰斜阳风不送。试遍橱中,百药均无用。坐也卧耶都是痛。而今谁为祈珍重。

金缕曲·七夕感怀

风拂莲花荡。正长堤,夕阳如炙,黑蝉低唱。携手双双游人远,唯我倚栏惆怅。想那日,含烟空巷。橙色街灯凉月夜。是何人诺印朱衣上。说此世,两无恙。

流光暗把青春葬。对当时,一般柳陌,几多迷惘。非为温柔玲珑性,生个温柔模样。只赚得,年年凄怆。更怯曾经初见处,恐相知相失相遗忘。剩独自,忆过往。

沁园春

袖笼深寒。月泻微光。菊减暗香。正萧条庭院,狂风猎猎,繁华巷陌,夜雾茫茫。一盏琉璃,壁灯炫亮,照得临窗孤影长。回眸处,有几张残稿,记载忧伤。

如今未敢思量。怕又忆前尘九转肠。叹此时诗意,谁能领略?当年梦境,我已封藏。弹指流光,芳菲磨灭,却剩相思不许忘?年来总,在无人声外,纠结凄凉。

鹧鸪天

其一

　　检点来途难自持。看灯看影两悲凄。逢君一瞬三年泪,下笔千回半阕词。
　　情已绝,梦何支?余生最厌是相思。今宵知有谁怜我,瓶里梅花粉几枝。

其二

　　怕问诗情尚有无。怕看尘土没诗书。流光磨蚀江南梦,商海消残水墨图。
　　心力倦,故交疏。背人枉自忆当初。今宵强做新词句,只是吟怀不肯苏。

喝火令·与漩涡儿新婚寄

　　月挂鹅黄柳，窗含淡紫藤。壁灯光炫半分明。俯首案前何故？思绪起难平。

　　喜汝三年梦，修成一世情。此生纵使也营营。有子晨昏，有子鬓梳青。有子掌心深握，风雨共行程。

喝火令·与漩涡儿新婚告新郎书

　　一陌花如海，三街絮若云。为谁往事又重温？记得那年酬唱，南北两销魂。

　　否泰疏于寄，叮咛说与君。此生休教惹啼痕。替我从今，替我在晨昏。替我暖寒勤问，深护梦边人。

减字木兰花

其一

　　残灯曳影。是睡是痴还是醒?梦浅更长,十万愁丝结寸肠。
　　执笺深诺。离合到今都是错。各自伤怀,此别江南不复来。

其二

　　谁之谶语?曾说韶华空逝去。今我来归,一径玫瑰寂寞飞。
　　芳春苦短。许在梦中开缓缓。相对寒更,那季伤心写不成。

虞美人

　　狂风一瞬黄昏去,半架蔷薇雨。昨朝兀自衬红霞。谁料而今转做隔生花。
　　留耶去也都无计。徒做长门倚。合眸合掌问疏星。为我今宵托梦到江城?

清平乐

翠禽匿柳。闲坐山亭久。听取呢喃浓叶后。索寞无端催就。

谁吹唢呐红墙?勾连只影愁肠。瘦石曲栏尽倚。那堪依旧残阳。

菩萨蛮

伤心不向词笺展。病怀已惯生相伴。夜夜忆江南。长宵灯色寒。

晓来风雨散。花底红裙乱。疏影不堪扶。明春归也无?

踏莎行

桐影分凉,雀啼唤晓。回环古径青萝绕。世间悲苦不相干,年年闲向西风老。

染指花疏,逐裙蝶渺。一分心事三分恼。可怜憔悴恐人知,回眸但说斜阳好。

减字木兰花

其一

风翻乱影。叶叶枝枝伤晚景。雨荐微凉。小圃消残一脉香。

无人与共。那季垂帘花月梦。忘却当时。悲喜从今两不知。

其二

何从勘破。阅遍藏经如旧我。难改痴心。几度临风泪满襟。

长宵无际。漫拨案前蜗篆细。谁触花铃。暗里飞声不敢听。

荆州亭

谁挽夕阳一线？祛我夜来愁半。天地两无言，唯有翩飞双燕。

记得遇君水岸。辗转素心常见。睡又梦相随，销骨成尘能散？

菩萨蛮

其一

樱桃摘尽蟠桃老。天涯是处唯芳草。花信几番来。渚莲迟不开。

待君红蕊破。结个相思锁。听雨在江南。相依入黑甜。

其二

玫瑰如血繁华买。持花人在伤心外。相顾两嫣然。咬唇娇且怜。

双双归柳弄。私语凭风送。遗我望遥天。独看凉月弯。

蝶恋花·平安夜感

我看悲兮天上月。夜夜茕茕,夜夜清光冽。缺是伤心圆是劫?不知劫数何时绝。

我入喧嚣之地铁。谁在阶梯,手捧花如血。一瞥深深终过客。无人为我平安说。

清平乐·记梦

柳摇碧影,斑驳苔痕径。一叶旋飞波不定. 惊起水禽呼应。

为谁拆尽花签。为谁敛损眉尖?血色朝阳帘外,梦魂依旧江南。

菩萨蛮·次韵溪云

天倾雨泪为谁恸?痴情惯被无情弄。重欲见卿卿。参商天际星。

织愁成密扣。解得相思瘦?独立晚烟中。一襟杨柳风。

蝶恋花

云散天清开半镜。坠叶西风,偏共昏鸦暝。况味此时谁与省?玻璃嵌个伶仃影。

袖手寒深灯色冷。已惯生来,已惯年年病。已惯孤单终认命。为君一世成空等。

定风波

其一

听雨听风弄枕寒。前尘今梦两茫然。十万忧伤凝一韵。休问。因谁憔悴又更阑。

记忆吉他犹浪漫。肠断。余生不得听君弹。纵使墙隅灰积满。难掩。持心依旧似当年。

其二

打迭愁心君不知。素笺写尽日迟迟。帘外梅花香正好。斜衾。哪堪风止堕疏篱。

思量当年情婉转。谁管？而今空对影悲凄。历劫红尘人已惰。怜我。琴音之外有新诗。

江城梅花引

背人揽镜暗思量。问流光。怨流光。底事无声，改我鬓如霜？欲向素笺消郁结，翻旧稿，忆当年，更断肠。

断肠。断肠。未曾忘。词一行。泪一行。写也写也，写不尽，此恨茫茫。倦坐窗前，望月转斜廊。纵叠书山千百韵，终究是，苦寒宵，蚀梦场。

长相思

其一

晚风收。晚云收。寂寞苍穹月似钩。此夕为谁愁？
欲凝眸。怕凝眸。水墨江南空自留。今生梦已休。

其二·与美泪

紫微开。紫鸢开。爰有佳人过翠阶。薰香驻粉腮。
细细猜。暗暗猜。可是当年姑射[1]来？相思为我栽。

其三

风低吹。笛低吹。一瓣残红寂寞飞。又将春事违。
月依微。灯依微。那季忧伤如影随。可怜无计摧。

浣溪沙

风驻槐香月转楼。一街灯火曙光收。凭窗人又枉凝眸。
旧韵劳心犹可触，前尘蚀骨不堪留。少年梦已绝扬州。

1　姑射，仙女也。乃掌雪之神，典出于此："藐姑射之山，有神人居焉。肌肤若冰雪，绰约若处子。"

鹧鸪天

其一

　　莫问如何意不平。橘灯淡月两凄清。惯无标格人恭敬,更失才名语奉承。

　　笺寂寞,影伶仃。可怜枉自忆曾经。当年或有情深重,转到今宵剩几成?

其二

　　波漾莲花一萼红。雪衣紫伞小桥东。欲吟芳事才先竭,待锁愁心恨愈浓。

　　烟漠漠,雨濛濛。背人思绪转无穷。为君写尽玲珑句,梦到如今却不同。

琐窗寒

粉煨池莲，秋生岸柳，是何因果？连宵冷雨，把世界芳菲都锁。但凝眸，流水劲风，也将凄怆殷勤和。剩愁红一瓣，墙阴欲护，也来相左。

幽坐。谁知我？抱几分诗心，去留难妥。情深十万，只若烟花开过。甚年来，纵听遍梵音，未叫相思稍惰。叹今宵，沁骨忧伤，问取人无个。

定风波

静水莲花脉脉红。雪衣紫伞过桥东。旧事何如轻一问。转瞬。忧伤顷刻聚眉峰。

睫底莹莹清泪色。凄绝。余生最怕说初逢。誓约三生深附骨。如蛊。赢来只影恨无穷。

贺新郎·大雪

独坐空阶上。看苍茫,大千世界,雪魂飘荡。昨日衰红何处认?唯剩悲风低唱。这一季,清寒惆怅。浅握指尖笺数叠,是那年那月勤酬唱。悲共喜,总迷惘。

前缘早被营生障。又何须,差人频问,近来情状。或有遗枫颜胜血,也聚斑斑凄怆。叹此恨,凭谁依傍?纵载情深深刻骨,到如今掘个冰茔葬。君与我,两相忘。

金缕曲·读波心词感赋并寄

读罢新词矣,剩萦怀,无边萧索,怅然难已。独对长宵灯影幻,一夕愁颜绝似。千万语,相倾谁耳?若汝文章能有几?叹依然羁旅荒凉地。恨未解,个中意。

而今弗用将秦避。算桃源,历经风雨,亦生嗔喜。屈子胸襟随烟散,块垒毫端聊寄。且莫向,枕前垂涕。应惯青冥重云蔽,况世事非只男儿事。我亦是,不堪此。

金缕曲·深夜感怀

　　辗转清凉夜。望遥天，星沉月落，梦犹难籍。幻影街灯幽窗外，数缕轻潜帘罅。斗室里，澄辉流泻。不惜连宵人未寐，叹怎禁荦荦眸边射？况已是，寂寥者。

　　前尘拥枕思量也。叹依然，此心郁结，此愁长霸。吾意属谁吾自晓，底事关卿真假？又岂必，翻些闲话。才欲笔端相说与，念辩无可辩终成哑。一笑罢，暂忘罢。

金缕曲·次韵漩涡儿感怀单位事

　　世事何堪写？立黄昏，平林远接，夕阳辉泻。点检大千多少事，逃了莲花舌下？谁又可，悲欢任把？冠盖相依犹相卫，叹是非颠倒难分也。纵欲辩，不如哑。

　　素心自识由人话。向琴前，一怀幽闷，指间挥洒。角羽铿锵连抹托[1]，块垒随音飞化。算此后，浮名休惹。壮志今消君应罢，况已无意气来相亚。我只眷，绿阴夏。

1　抹托，筝的指法。

金缕曲·露珠

　　碎玉何人泻？漫天涯，花心悄匿，叶尖轻挂。闲阅世间情共恨，上演真真假假。正练月，晶莹深惹。颗颗玲珑槐影底，有风来摇落无从画，谁记取，此生话。

　　尘缘一夕匆匆罢。堕波中，素怀意绪，不曾描写。化做茫茫清水滴，随瀑苍岩飞下。归去矣，丁香曲榭。宛转迂回回碧海，向梦里念里江南也。千百劫，亦难舍。

金缕曲·题图

　　静寂黄昏陌。有花灵，轻盈来也，绽开柔萼。转瞬翠堤香漠漠，撩亮疏灯楼阁。更暮宇，群星闪烁。初瞥娇容心已窒，对漫天浅紫痴迷着。问浊世，可堪托？

　　卿无言语凭风掠。向湖心，纷飞几瓣，决然飘落。碧水流莹沉梦冷，忘了人间旧诺。遗我独，凄凉深著。倦倚篷车凝望久，叹缘生缘灭徒猜度。此一念，是耶错？

金缕曲·寄漩涡儿

郁郁玫瑰夜。望江南,黛云巧叠,月痕娇冶。竹影淡笼潇湘水,聆听归桡咿呀。君悄匿,清波之下。作弄涟漪深复浅,有漩涡漾漾梨涡亚。想素魄,洛神借?

环环嬉戏幽幽化。问红尘,凭谁认取?凭谁为嫁?纵有浪花花若雪,奔逐何堪相藉?犹记得,莲荫盛夏。我正长桥风物眺,叹俯首刹那相思惹。一梦也,一生也。

金缕曲·叠前韵寄美人

梦醒清凉夜。染晨辉,红衣深著,满眸夭冶。灼灼浑如彤霞溢,听笛回环低哑。更婀娜,青桐荫下。便有蕙兰香暗馥,算素颜合为玲珑亚。忖此态,应天借。

前尘宿怨成虚化。历尘寰,韶华莫使,露媒风嫁。且展娇慵江南陌,纤雨霏烟堪籍。开缓缓,芬芳一夏。痴绝卿前怜花客,叹妩媚空把诗心惹。写不尽,半分也。

金缕曲·彼岸花

冥路如流火。是花开,忘川彼岸。赤红千朵。孑立暗幽娇娜着,数尽游魂几个?算惊慄,聆听已惰。不记轮回多少载,况人间爱恨皆勘破。回首处,正谁过?

素颜漠漠青衣授。睫低垂,百年旧梦,霎时重裹。恍惚奈何桥畔遇,初识玲珑可可。只一瞥,深情无那。忍看孟婆汤饮罢,任前生今世因缘锁。君去也,我纷堕。

金缕曲·寄弟听风并次其韵

非我相忘矣。奈诗心,近来已倦,索词无几。数度展笺笺又掷,拟续才思乏计。空剩得,萦怀歉意。翻检经年毫端字,愧千行九百为游戏。纵欲理,不堪理。

剪成纸蝶随流水。算从今,前愁旧恨,幻成烟事。唯记网中初相遇,从此金兰一世。唱与和,应怜知己。人隔天涯终难见,怎梦里夜半分明是。疑弟至,乍惊起。

金缕曲

雁去晴空阔。偶凝眸,莲消碧崿。秋容初泄。花谢花开元常事,休道悲哉此劫。有玉桂,暗香飘彻。只说红颜无壮志,记当初,也效题门客。曾一度,男儿越。

谁期魍魉终难撤。向筵前,清弦拨断,玉杯敲缺。莫笑温柔非我是,因念芳心郁结。更须惜,霜丝难镊。自古英豪荒茔没,到如今,名利俱应歇。闲且赋,词盈箧。

金缕曲

向晚初收雨。记当时,少年意气,未输韩五。犹学清波垂纶手,屡负诗书雁柱。最堪羡,忘机鸥鹭。怎奈韶华浑似箭,到如今,一纸凄凉句。真个是,为词苦?

舷边落叶风能主?任堤前,飘黄坠绿,织成愁赋。我自浮槎邀宿鸟,摇荡波心容与。问此刻,悲秋何绪?唯念屏中知己者,叹今生,咫尺还难遇,归去也,月华渡。

金缕曲·次韵答梦烟霏

　　记得初酬唱。正天涯，叶黄菊紫，和风飘荡。偶瞥文章惊拍案，逐句胸中跌宕。叹我未，结庐而傍。也拟将诗三分学，奈才思不敏空悲怅。痕浅聚，眉尖上。

　　相逢转瞬青莲放。向屏前，怯君询问，此时情状。多少芳华羁一网，负了荼蘼春巷。回首处，空余翠莽。同住江北应有晤，或是夜月下开新酿。知己者，莫猜量。

金缕曲·送别漩涡儿

　　有泪无声涌。任纷纷，紫衣渗透，素心深恸。此际襄樊车开未？此际凭谁远送？叹聚散，不归人控。相遇相知相念久，记屏前嬉戏梨涡动。娇怯态，最堪拥。

　　这番别也思量弄。算从今，花笺万叠，尽成无用。唯祷归程应早早，莫使毫端愁纵。更莫误，长宵织梦。寄语旅途多屯蹇，为再逢他日须珍重。我与子，一生共。

金缕曲·是夜读波心兄词感怀用其韵再寄

老却谁言丑？况才为，江郎年少，咏梅吟柳。纵使世人多白眼，不改词风依旧。犹傲立，看云幻狗。百劫归来愁当绝，告鬓边休管青青否。歌击缶，笑催酒。

忠奸应惯难分久，且由他，莲花舌溢，世间游走。信有知交非独我，惜子今番消瘦。凭醉语¹，持心相偶。长记姻缘三生订，更情丝无转牵如藕。风雨共，执君手。

金缕曲·与波心

心怎分妍丑？算千年，世人几个，未为风柳？倏忽东墙飘西院，媚语滔滔仍旧。笑餍似，乞怜宠狗。若此低眉非吾辈，但执杯休辨真真否。将意气，付清酒。

无缰利锁由来久。冷看他，痴迷幻境，逐名争走。堪笑便赢珠满斛，一例流光催瘦。谁胜我，联诗对偶？更绾长裙山溪涉，任纠结权势连如藕。魂不控，掌纶手。

1　醉语者，波心兄之妻子也。

金缕曲·次韵答漩涡儿

有泪倾如雨。记连番,凭君一谶,化愁千缕。年少也曾频织梦,到此如烟散去。唯听取,鸣蛩燕语。郁结幽思翻做恸,算从今莫做多情句。身已似,飘零絮。

那堪镇日伤离绪?叹年来,素怀也拟,向人容与。叹息颊边强做笑,片刻停留未许。只剩得,垂眸羞觑。纵把两心重重锁,算怕念欲念无非汝。生死侯,不相负。

高阳台·写给陈晓旭

都说心灵,俱言质慧,静如良苑仙葩。遗梦红楼,当年街巷争夸。也曾商海输赢累,奈终成,幻里空花。到今朝,劫满君归,无我长嗟。

茫茫诸相先勘破,对青灯梵语,涤尽铅华。堪笑人生,不过指隙流沙。悲欢历尽翩然去,化黄昏,一抹烟霞。向天南,紫竹林中,安个新家。

寿星明·与鸣儿兼贺生辰

风叠裙痕,柳荡波纹,信步院西。看碧桃累累,芳菲渐替。榴花灼灼,节序潜移。想此江南,水晶盏尽,烛色殷红照素帏,幽幽问,问满怀缱绻,今付阿谁?

芳辰也拟长陪,奈变幻生涯意总违。记梦中哀怨,惯凭词化,眉间欢悦,每诉君知。相聚无多,相思一世,我有深心莫笑痴。他年里,若蓦然重遇,情似当时?

浣溪沙

与子初逢秋正凉。一番回忆一番伤。人生离聚总寻常。
水墨图中弦月冷,雕花窗外晚风狂。年来唱和莫轻忘。

喝火令

季节难描画,芳菲不可裁。总将心事苦安排。辜负杏红莲紫,依旧累吟怀。

抱我三分梦,赢来一世哀。为谁来去为谁猜?忘了江湄,忘了女儿乖。忘了那年回首,月色冷霜阶。

满庭芳·次韵方知秋

紫褪蔷薇,红消芍药,看花抛掷流年。夜光淡墨,萤火绕灯前。还欲清眠刹那,又只怕,梦魇无边。望云外,月色纨素,一夕为谁圆?

倚窗听古乐,琴音风语,绝似哀弦。想此时,幽思纠结难传。记得少年情绪,都化做,飘散浮烟。词心竭,恐人窥视,晓也不开帘。

满江红·停电夜记二零零七年六月四日夜

夜黑边缘,依枕坐,此情谁道?看一朵,烛花缓结,亮红轻袅。短梦长宵犹未得,幽窗啼雀偏催晓。想从前,那一个痴儿,真堪笑。

写不倦,闲愁稿。弹不厌,忧伤调。更莲消梅谢,几番悲悼。岁月指间仓促逝,韶华眸底何时老?到如今,纵雨苦风凄,无心恼。

酷相思

碧染榆槐莲染紫。有蝴蝶,停双翅。叹谁赠瓶花将欲死。酒醒也,真无谓。梦醒也,还无谓?

笑上唇边翻堕泪。莫问我,伤心味。算离散从来非得已。人瘦也,君知未?人病也,君知未?

金缕曲·对镜自况二

对镜无声笑。笑浮生,追名逐利,几曾闲了?也欲案头寻笔墨,写个闲词险调。终不是,诗人材料。侧目花园残红惜,又都教乍紧狂风扫。今倦矣,有谁晓。

前尘旧事重重绕。算原来,一怀落寞,似因孤傲。独抱江南丁香梦,辜负芳菲多少?只赢得,交亲渺渺。过路邻家心绪问,却未答指向临窗道。说盛夏,绿荫好。

江城梅花引

层云暗黑独凭栏。喜开莲。怯开莲。雨雨风风,只怕又吹残。红未全消香未透,便凋落,水中央,似去年。

去年。去年。最堪怜。病事缠。恨事添。拭也拭也拭不尽,清泪涟涟。记得深宵,坐卧两艰难。自失江南山与水,从此后,看风光,总一般。

鹧鸪天

闻道莲开碧水西。待寻芳事又迟疑。怕看波映容将老，忍对风翻花也稀。

新字句，旧诗词。已无情绪说相思。今宵我与廉纤月，各自茕茕君不知。

金缕曲·寄旋涡

交指阳光外。看池心，回环碧叶，护莲轻紫。数朵娇柔随风颤，一对蜻蜓偎立。惹教我，几回凝睇。忽忆潇湘翻失笑，笑情深此景真君似。红为你，白为彼。

如今才省佳辰至。愧年来，倦身总被，稻粱谋累。搜尽枯肠无可赠，唯剩拙词而已。写罢向，屏前聊寄。拈取檀香莲台去，祝三生三世欢颜系。犹妩媚，更谁比？

喝火令

乱绪终难写,襟怀未入时。几番垂泪恐人知。前梦似潮汹涌,相忘若抽丝。

待辩还无用,将陈已乏词。可怜宵永枉相思。独守灯前,独守那年痴。独守素衣如雪,此后欲何之?

喝火令

百合开残日,葡萄满架时。柳荫长倚昼迟迟。犹记那年初遇,赢得一生痴。

昨梦难留驻,前缘不敢思。但将孤影对空卮。料定从今,料定鬓成丝。料定指尖心底,都是忆君词。

金缕曲·寄尘色兄兼贺生辰

倦了繁华界。立郊原,梧桐滴翠,蜜桃流彩。更有翩翩双蝴蝶,戏逐裙前无碍。想此际,尊前情态。应是烛红杯酒满,对紫薇阶下开如海。豪壮气,不曾改。

而今人隔千山外。记当时,几多警句,几多悲慨。又遇佳辰何所赠?唯有低眉诚拜。许一个,生生康泰。算取江南风物好,莫时光都被诗词败。君与我,两难戒。

蝶恋花·悼友

莫道东风吹暖意。吹损杨花。满目悲凉气。更有纸灰盘旋起。天涯都做清明祭。

约赴前盟人绝迹。遗我新碑,荒陌无声立。折断三千鸢尾紫。与君葬在春光里。

蝶恋花·记梦

蛛网闲将飞絮罥。恍惚黄昏，我在菱花岸。淡紫水晶穿做串。乍闻小字谁轻唤。

也欲相寻烟雨暗。听似君声，不见君之面。一梦回时真伪判。此心依旧劳萦绊。

减字木兰花·七夕夜感怀

去年七夕。我是江湄烟雨客。斜倚舷边。一顾涟漪一惘然。

今年此夜。槛外花疏眉样月。谁在灯前。笑说痴儿绝可怜。

浣溪沙

天外斜阳著绛纱。江淮草色碧无涯。何人双颊染红霞？短梦从来难为借，深情到此不须赊。今生相惜莫相嗟。

扬州慢·女鬼

　　月泛绫光，灯摇橘色。暮烟遮断游云。摄湖蓝水汽，幻一袭长裙。掠荒漠，真为鬼魅？何似人身？想凉宵，兰若阶前，纸蝶谁焚？

　　江南那日，把深心，葬在残春。更唤雨携风，吹魂缥缈，终做离分。只怕他生难遇，轮回里，前梦成尘。便千年漂泊，只为记子微痕。

惜分钗

　　阑珊夜。茕茕月。照取塘角莲花谢。壁灯幽。露华流。是谁忘却？巧笑登楼。温柔。

　　当年梦。今宵痛。素笺写尽都无用。一番心。十分深。换得年来，对影孤斟。悲吟。

惜分钗

　　廉纤雨。寒深许。更添几页悲秋句。桂微香。叶初黄。一样心情，两地堪伤。茫茫。

　　谁之恨？谁相问？又谁为我劳方寸？此时侬。梦难同。纵有相思，终必如风。匆匆。

减字木兰花·与鸣儿

　　今宵谁问？漂泊天涯多少闷。总是因君。一语屏中分外亲。

　　相逢你我。结下情深三世果。九转轮回。誓约依然不许违。

蝶恋花

　　才近中秋寒漠漠。几树梧桐，满院成萧索。剩有青青风又恶。乍然吹向裙边落。

　　我为怜君添寂寞。孑立黄昏，点检当时错。刻骨前缘难似昨。来生许个莲花魄。

长相思

其一·与旋涡儿

君一方。我一方。又是灯繁月破窗。何堪秋夜凉。
念潇湘。过潇湘。不得相逢暗自伤。空余旧梦长。

其二·与姐姐菡若

朝相思。暮相思。守得红消绿也稀。情深君可知?
怕分离。却分离。纵使余生罢写词。此心未转移。

其三·与东篱蝶

灯含烟。月含烟。独卧深宵难入眠。风翻枯叶寒。
叠旧笺。写新笺。词味那堪似去年。寄君君可怜?

干荷叶

干荷叶。色枯黄。断梗烟波上。染秋霜。绝清香。当年人迹渺池塘。只有西风唱。

干荷叶。在湖心。只合流离谶。月沉沉。夜森森。夏花梦也再难寻。一任寒波浸。秋寒重。冷霜浓。生死由谁控？老湖中。夕阳红。芳华一季太匆匆。暮雨君之恸。

干荷叶。罩寒烟。老柄随波颤。看鸦还。数归船。已知憔悴少人怜。梦绝秋风岸。

干荷叶。色都枯。静立江南暮。意当初。又何如？一生心事已全殊。莫问谁辜负。

雨声碎。冷风围。尽是悲凉味。燕南飞。不曾随。梦痕已惯总相违。此恨谁堪会？

鹧鸪天·寄鸣儿

莫道平安久未闻。我怀君意两难亲。交疏或为营生减，谊重非因酬唱温。

词缱绻，句销魂。女儿心事与谁论？红尘十万往来客，不是江南梦里人。

沁园春

客不曾来,酒不能斟,月不肯圆。坐华灯影外,行车数尽,素纱窗畔,古曲听残。交指无聊,调羹无趣,似此生辰谁见怜?回眸更,怕空庭迥阔,夜色荒寒。

相知尽说平安。说忘了曾经悲与欢。说千张词稿,玲珑未褪,一肩长发,莹黑依然。叹我痴儿,愁丝密裹,合掌深深到佛前。从今愿,把芳华葬在,水墨江南。

寿星明·寄出差的泛泛并贺生辰

卧不能眠。词不足篇。梦不肯成。望京华一陌,桃花灼灼,长街千巷,飞絮盈盈。眸底春光,江南水墨,绮景那堪独自行?如今只,向黄昏枯坐,低唤君名。

思量种种曾经。记七夕初逢百感生。更几番否泰,殷勤问讯,年来温饱,婉语叮咛。姊妹深情,佳辰无赠,唯有焚香红烛明。平安咒,愿佛前朝暮,诵与卿卿。

水调歌头·与零落兼贺生辰

天边月如洗,树影乱长街。窗前新桂如雪。风递暗香来。莫问经年形迹,莫问锥心往事,只恐累形骸。旧友笔尖记,酬唱酒中怀。

早相知,复相识,两相乖。江南初见,秋菊霜叶正盈阶。笑我三分无赖,羡尔千般才气。此谊不须猜。蓦有烛花裂,特地为君开。

金缕曲·写在四川地震后

痛欲擒天问。问如何。平安二字,这般相吝?本是紫薇花海季,无奈都成转瞬。令多少,书声乍顿。往昔长街繁华处,到如今俱做坟茔阵。母与子,两难近。

灾情终日萦方寸。任啼痕,连宵无寐,枕边深印。听取寻将人几个,又被残垣密困。生死状,那堪细认。似此尘寰悲凉事,纵年华岁月都消尽,消不得,一丝恨。

蝶恋花

其一

蝶恋花开谁宿债？和雨和风，销尽千山黛。纵使枝头犹作态。春归难记殷红戴。

昨梦共君深一拜。梦醒庭空，剩有灯蛾在。各自从今休与待。他生或在心门外。

其二

蝶恋花开如幻梦。饮露双双，终究伤心种。或说今生长与共。那堪誓约凭春送。

也向佛前深作供。难奈因缘，翻覆随天弄。他日都归尘一捧。空余满界槐荫重。

其三

蝶恋花开难与忘。银色风铃。窗下低回唱。恍惚云飘眉月漾。相思烙在新词上。

写罢路灯犹朗朗。叠个船儿，和影随波荡。春尽春华春不望。持心未改当时样。

其四

蝶恋花开何楚楚？谁唤来时，堕入廉纤雨？我在墙隅停倦步。看风起处飘红舞。

也欲怜卿春可许？也欲深埋，不是潇湘路。一瓣泥中凝夜露。天明没入青桐树。

其五

蝶恋花开如转瞬。蝶有重来，花又凭何认？纵有情深潮水汛。空劳前梦摧华鬓。

写尽素笺君怎忍？累我吟心，一念深三寸。郁结忧伤都莫问。来生还向春风困。

清平乐·寄溪云并贺生辰

病中谁道？又是芳辰好。枕畔闲书撕半套。打个贺君词稿。

念时冰雪清颜。前身南海青莲？践我相知一诺，此生方赴人间？

鹧鸪天·五一二地震记怀

呆坐屏前难自持。新坟断壁足悲凄。操场应是榴花季，校舍何成冥路期？

笺未展，泪频滋。泪痕墨迹两参差。哀词纵有千千句，恸到深时无意题。

鹧鸪天·看地震新闻罹难孩子的父母集体摆设灵堂感怀

惨淡斜阳照祭台。榴花如血傍阶开。倦骸呆滞悲盈目，遗照天真笑满腮。

娇宝宝，小乖乖。废墟之下坐排排。天堂冥界都游遍，可有妈妈接你来？

定风波

可笑人心看不真。年年辜负十分春。待得残英飘成阵。方恨。孤单霜鬓坐黄昏。

零落交亲多少闷。谁问?近来辗转病中身。半世情深输一梦。何用?当时刻骨赚销魂。

鹧鸪天

病事沉沉睡不真。新词旧韵两无痕。愁心笔下何从记?昨梦君前不敢论。

灯色冷,月光昏。寒霜如魅暗侵门。低眉蜷坐思量久,念我如今剩几人?

水调歌头·也写画皮

尖月挂残柳,秋草葬颓垣。是谁飘忽荒宅,染尽一宵寒。依旧霓裳胜雪,依旧生时情彻,恨事九连环。缱绻意如昨,不得到君前。

蘸朱砂,人皮纸,画娇妍。烛光幽曳,森森骷髅化朱颜。堪笑红尘诸子,善恶唯凭容貌,厉鬼认淑媛。剥掉画皮夜,还说永缠绵?

蝶恋花

霜叶飞咽惊梦寐。冷看紫窗,枯蝶纷纷坠。世界芳菲都尽废。空余我做黄昏喟。

倦了营生终日累。听取梵音,替个忧伤罪。纵有明春花满季,此心已向前尘止。

酷相思

　　阵阵蝉鸣藏碧柳。正莲荡，胭脂透。过青竹回廊风袭袖。人倦也，君知否？人病也，君知否？

　　烙影湖心思量久。忆往昔，眉空皱。叹生是痴儿无可救。词尽矣，情如旧。缘尽也，心如旧。

鹧鸪天

　　婉转情怀渐渐无。年来唯记遇君初。几株榴色三阶火，一段尘缘半世书。

　　言未尽，意何如？信音频寄莫踟蹰。此生订得金兰契，九转轮回不许除。

酷相思

　　一陌桐阴天半锁。正夕照,浑如火。向林海深深成独坐。谁记起,曾经我。谁念起,如今我。

　　聚散红尘因与果。算终究,难勘破。况百转情思心已惰。欲诉也,词无个。欲寄也,人无个。

花犯念奴·赋含烟阁

　　凝翠含烟柳,着意护幽庐。更兼修竹几许,掩映水鸣渠。最喜夭桃粉杏,时遣东风送客,花气染裙裾。谁道管弦少?鸟啭盖笙竽。

　　偷闲与,村野妇,论渔锄。算来浊世纵好,归去又何如?莫若相忘旧路,携取诗书绿蚁,笑把主人呼。肯否谋张席,做我倦时居?

踏莎行

其一

扑睫凉风,沾襟微雨。一川碧柳无重数。趁闲欹坐小亭台,江南梦向谁吩咐?

打叠词笺,消磨溽暑。分明犹记人媚妩。敲爻三卦卜重逢,问君肯许相逢否?

其二

粉聚花潮,碧凝柳浪。一痕晓月波心荡。曲桥静默立多时,何人会我低眉况。

只说相思,此生尽忘。为君重到心尖上。相逢或已是无期,徒温昨梦添惆怅。

木兰花

空庭寂寂音尘绝。灯色阑珊人未歇。拥衾辗转费思量,多少芳菲如电抹?

佳辰欲赠词心竭。唯看火榴堪一折。从今但使有闲愁,付与当年清夜月。

高阳台

日影初长,疏梅早坼,探春且趁芳华。徐步清溪,难寻旧日汀葭。分明记得秋深也,放兰舟,看尽琼花。更倚舷,撷芰成餐。掬水为茶。

风携暮雨遮无计。喜浮桥近处,三两渔家。点检如今。朝朝文牍生涯。数番误却夭桃信。累韶光,匆若虹霞。念多情,应是姮娥,时眷窗纱。

高阳台·观梨花

弄影斜阳，纷飞柳絮。开轩翠色无涯。极目郊原，何时开遍梨花？冰姿玉骨风中曳，更胜它，仙苑齐葩。纵溪桃，著尽妖娆，逊却清嘉。

谁言标格无知者？看南枝叶下，新筑蜂衙。尚有青杉，几番苦雨相遮。算来应是人聪慧，总无端，轻负芳华。到春阑，老损红颜，对月空嗟。

高阳台

陌上尘消，庭前蝶舞，长街一片桐荫。隐隐轻雷，可怜渐远平林。倚窗目送斜阳尽，又几番，泪浥罗襟。问凉蝉，已是黄昏，动甚悲吟？

浮烟暮霭蓬门掩，怯青衫影乱，郁郁森森。初启银灯，还憎窥我伤心。熄伊暗夜成孤坐，算何人，能解愁深？最难禁，月色凄清，无梦堪寻。

高阳台·与我的玩具小兔夭夭

碧月飞霜，兰灯溢玉，绕窗几点流萤。何处琴音，恰如溪水泠泠。抛书欲向南柯去，又夭夭，费尽牵萦。散青丝，划袜寻将，拥卧桃笙。

凝眸色若胭脂染，记当时橱柜，雅态轻盈。美目流兮，料应画也难成。徘徊几度终难弃，算芳心，早是相倾。问今生，惜我韶华，谁似卿卿？

水调歌头·梦游灵隐逢僧话

风弱惜花嫩，雨薄润苍梧。几丛修竹含翠，着意护僧庐。最是黄莺解事，赠客鸣声婉转，萦耳赛笙竽。粉杏香弥散，染我紫裙裾。

院边草，墙角蔓，不须除。晓来松下闲弈，成败又何如？休说不如归去，既道娑婆千好，君却总嗟吁？莫若依山驻，棋罢共耕锄。

水调歌头·假日一天

微雨洗幽巷,兰若愈芊绵。欹墙梅子凝翠,榴色间朱殷。袅袅清风来处,解意相萦平楚,掀起碧波澜。溽暑拒无计,共我莫须悭。

弃珊枕,绾素发,着轻衫,徜徉湖畔,何时莲叶竟田田?更有垂纶双叟,一任鱼游饵尽,安坐柳堤间,不种东篱菊,却效橘中仙。

花犯念奴·惊闻友得绝症将不久人寰

倦鸟未全宿,暮霭锁层城。可怜昨日桃蕊,憔悴小窗横。更有沙尘肆虐,已是芳菲无几,底事不能平?残月依梧杪,庭院著凄清。

拨热线,唇欲启,泪如倾。三旬始聚,橘红灯色睫边迎。犹记当时分袂,绕径桐花凝紫,天帝算多情。折我余年寿,换汝十年生。

水调歌头

窗晓宿禽动,人倦曲方终。清宵辗转无寐,怎教梦魂通?散发独行原野,喜他苍松解事,如伞护芳丛。堤柳凝青碧,细雨自迷蒙。

忆往昔,叹无翼,化鸾鹏。红尘纵小,身似微粟料难逢。莫问经年愁绪。暗省知交有几,尽在别离中。都道春溪好,不照旧时容?

金缕曲·寄芙蓉

卿发江南陌。正长堤,含烟丝雨,一身相托。料定苍天多解事,刻意安排此著。颜恰似,红绡深灼。标格还如蓝田玉,便荒原,谁道秋情薄,风也晓,惜纤萼。

从来休念当时约。况深盟,终随乌兔,梦回应觉。纵使蝶踪无觅处,雁舞堪消落寞。但旧事,俱都成昨。遥看银塘疑做月,把芳心,笑对殷勤诺。开正好,莫轻落。

金缕曲·叠前韵咏木芙蓉

伫立红尘陌。叹魂如，飘萍断梗，问谁能托？又恐青泥荒溪水，欲把此身争著。俱误却。开成冰灼。屯蹇人生终难避，对寒烟，唯道韶华薄。又暮雨，打孤萼。

春时曾许殷勤约。到秋来，音书没个，瘦腰方觉。拟锁八风心门外，又惹无边寂寞。更耳畔，言犹如昨。一瓣幽芳终不死，但如今，为索当年诺。颜未老，君前落。

春从天上来·用吴激原韵元旦感怀

满目凋零。记少住江南，赤足囊萤。风袅舟荡，波漾云屏。林樾淡淡烟冥。叹年关羁旅，问谁遣，彩凤轻灵。御家山，有修篁翠漫，曲水清泠。

思量欲归无计，把一念平安，许向飞星。浅醉尊前，朦胧如睡，飘渺漫步瑶庭。正群仙琴弄，随乐渐，桃粉峰青。梦惊醒。启小窗依旧，残月昏荧。

夏云峰·谨以此词纪念那些在洪水中遇难的孩子们

　　石流堆。泥沙掩，原野触目堪哀。天怎生薄幸，做此安排？断红无迹，学舍乱，水漫长街。肠断也，双亲劫后，何计眉开？
　　忍看遗照屏中，把娇儿，这时魂魄相猜。风骤雨狂永夜，甚处徘徊？衣单寒透，谁又肯，揽子盈怀？最恨是，中华损却，多少英才？

陌上花·返故里感怀

　　回槎故地深秋，斜照映窗清越。好事西风，总把翠帘频揭。凝眸当日恣游处，尚记蔷薇如缬。问儿时景致。岁华潜改，几曾消歇？
　　启蓬门，愧近年音讯，数度缄成还拆。执手双亲，忍看鬓丝匀雪。异乡谙尽炎凉事，准拟归时方说。待相逢，却掩千般幽恨，笑谈花月。

古香慢·春夜听雨

　　淡烟缥缈，衫袖初温。云色深杳。半掩西窗，揽镜黛眉倦扫。青鬓正梳匀。是谁遣，风携雨到？更兼丝柳抚翠竹，合成一曲清调。

　　又淅沥，催苏阶草。人道无情，人怎情渺？未若今宵，伴我旅愁皆了。纵满院桃花，共秾李，韶华尽老。想明朝，亦还有，海棠娇俏。

拜星月慢·清明观玉兰零落有感

　　细柳凝金，晴云染绛，一径修篁翠蔓。渐老玉兰，正纷飞庭院。算春至，应是，冰姿玉骨相倚，袅袅幽香弥散。无那东君，争忍芳魂断？

　　想余生，日日妆台伴。到如今，换得双眉攒。唯借水墨丹青，聊把韶华眷。又谁知，更惹凄凉犯。蓬窗掩，怕听飞花叹。东风恶，却卷纱帘，教愁丝怎绾？

夜合花·次韵

　　雨阻归期，雨苏衰草，雨停触目成伤。连宵梦短，觉来慵坐忺妆。记年少轻狂，总无端泪浥残香。料燕城去，相逢定着。旧日冰裳。

　　重云欲锁朝阳，想今朝，春色应满三湘。沿溪竹翠，依窗老柳匀黄。正绮丽风光。算从此收拾愁囊。玉兰催酒，花笺写意。旧恨休量。

东风第一枝·惜梅

　　竹影侵帘，远空接翠。开轩漫眺晴塔。最惊才种梅花。玉蕊柔枝渐压。红尘到此，纵姑射。也输银甲。更暗香，染尽裙裾，还向黄卷禅榻。

　　折一朵，深藏妆匣。又背人。层层封蜡。恐伊浊世初临。便历千般苦劫。冰清标格，怎禁得，燕蹴莺踏。又春阑，憔悴容颜。照水未看先怯。

酷相思·寄病中友人

坠叶无声随逝水。正风遣,秋寒起。乍闻道,天涯人病也,算此刻,应无谓。怎此刻,难无谓。

碧落谁铺星万里。一颗颗,浑如泪。最伤感,君身非我是。侬纵许,将卿替。天不许,将卿替。

酷相思

叶底风声池上雨,又添得,闲愁绪。叹今夜,残荷谁肯主?念此后,心相许?恐此后,徒相许。

阅遍藏书无意趣。向枕畔,寻清谱。问谁解,泠泠弦上语。琴似晓,离怀苦。君不晓,离怀苦。

定风波·与好友重逢

　　准拟归程三月中。谁期雪降始重逢。执手月台寒料峭。相笑。岁华未改旧音容。

　　暗省江边分别后。知否？经年泪霰总无穷。最喜梅开终聚首。斟酒。共伊今夜醉颜红。

绮罗香

　　柳叶飘黄，游云半卷，篱菊一枝清瘦。已是伤秋。何必月圆非有？伫庭中，漫眺银河，是谁又，洒些星斗？算经年，几度咨嗟，芳华虚掷怎回首？

　　凭他宵永夜漏，人自多愁总赖，风欺襟袖。一点诗心，懒却篆烟初透。记当时，许我三生，问此刻，何人痴守？镇无聊，捻碎飞花，葬槐荫殿后。

九张机

一张机。玉梅半坼小园西。谁裁弱柳浑如线，鹅黄偷染，随风缭乱，几许鬓边丝。

两张机。含烟细雨润柔枝。轻衫不耐余寒透，琴书闲却，当轩凝伫，远岫渐迷离。

三张机。夭桃粉杏斗妍媸。银塘与汝初相遇，丹青挥就，神追摩诘，惹教梦魂痴。

四张机。蔷薇幽香阻归迟。依依执手花间立，翩然紫蝶，呢喃双燕，也拟诉心期。

五张机。苍松叶密拥苔扉。呼郎急向墀前去，教伊看取，茑萝菟蔓，着意绕疏篱。

六张机。庭槐修竹绿成围。青桐坠引鹃声起，垂杨树杪，凄凉啼哢，底事总堪悲？

七张机。长街分袂泪参差。去矣复回叮咛道，君心莫似，碧空明月，朝晏再潜移。

八张机。黄花铺径暮云低。倚门望断无行迹，西风料峭，休携霜雪，倦客屡相欺。

九张机。秋枫匀绛雁南飞。入眸尽是伤心色，蓬窗紧掩，冰笺深匿，从此绝新诗。

天仙子·与傲雪生日

碧月娟娟流萤小。细点沉檀烟缥缈。佛前三愿祝芳辰。飞燕俏。香暗绕。老尽百花卿不老。

检点年来愁未了,几度翻成幽怨调。红尘知我算应谁?唯伊到,方始笑。桐叶题诗何足道?

惜红衣

近岸荷残,依墙柳倦。暮烟疏淡。曲径人稀,凄凉锁秋苑。瑶琴始弄,便引得、阶虫低叹。魂断。分袂而今,算三生休见。

萦窗月暗。惊梦鸦啼,天边玉绳转。凝思当日缱绻。泪偷泫。只言此情深种,偏做水流云散。料余生为伴,应是梵音诗卷。

忆旧游·忆西湖

念慕才亭畔，烟柳芊芊，槐锁长桥。依约苏堤下，有沙鸥掠水，兀自逍遥。曲院一刹风过，翠盖向人摇。更解事汀葭，多情蒲草，屡挽归桡。

尘消。听萧寺，正梵音袅袅，香溢清朝。也拟寻归路，又翩然彩蝶，着意相招。旖旎风物如许，算旧恨应销。趁彤霞碧落，邀君煮酒听涌潮。

满庭芳·与花溅泪生日贺

草底蛩吟，帘前萤舞。一庭疏月轻匀。博山初置，香雾渐氤氲。问取芳辰此夕，可是绿醑满清尊？算伊定，冰肌玉骨，道韫做前身。

销魂，这雅态，姮娥见也，逊却三分。念花前溅泪，谁与温存？解事熏风肯否，吹断汝，眉上愁痕。将深愿，细书尺素，吩咐与鸿鳞。

看花回 · 断线的风筝

记得当年,正是杏香初散。落英犹携舞絮,渐水榭楼台,着意匀遍。多情纤手,描一纸朱深翠浅。催玉竹,化得清魂,变欲天际效鸿雁。

邀碧月,依依缱绻。又谁省,欢期难算。标格还如皓雪,奈屯蹇人生,怎辞凄怨?问取东风,可知韶华容易换?到何日,肯推我,返旧时航线?

八声甘州 · 次韵文淼兼赠

望浮云舒卷燕双飞,肜霞衬遥天。对晚风寄语,紫衣尚浅,休动微寒。暗省天涯初遇,新赋话悲酸。也拟寻清话,欲见还难。

闻道缠身新病,便屏前踯躅,费尽萦牵。向冰笺写意,独自莫凭栏。算长宵,聆君金玉,纵月斜,依旧照无眠。余生但,论词唱和,容与年年。

疏影

　　平林翠接。有晚风乍起。吹尽红缬。渐委银塘,渐坠苔墀,何堪绣履相蹑?怜伊乏计垂帘幕,叹甚处,琵琶声切。惹芳心,萦绕天涯,又负一庭明月。

　　还记当时邂逅,纵琴书梦好,终若庄蝶。照影孤灯,低叹寒蛩,偏令幽思难歇。谁能挽得流光驻?奈转瞬,竟秋时节。想晓来,信步篱边,应有菊英千叠。

酹江月·中秋闻花城君有恙感赠

　　华灯初上,正曲塘倒映,一天寒色。愈是秋深愁愈逞,怕见绛匀枫叶。悬柳圆蟾,澄辉万里,照露珠莹澈。风萦树杪,如何偏做幽咽?

　　犹记南粤知交,龙蛇笔下,标格真清杰。闻道病中无计替,惦念但凭诗说。写尽花笺,双鱼纵有,怎敌烟波阔?黯然唯看,欹墙玉桂凝雪。

望海潮

　　雨收平楚，珠凝桐叶，江湖潋滟微澜。已老蜀葵，初开槛菊，仲秋似暖还寒。远岫正绵延。望横空雁杳，雪藕香残。戏水童儿，钓鳌老叟趁轻帆。

　　依舷检点芳年。记青丝若瀑，淡紫匀衫。松下弈棋，花前扑蝶，娇憨折损蛮笺。前事尽成烟，纵窥帘碧月，皎洁如前，少却清音古刹，朝晏响蓬山。

桂枝香

　　遥天暗碧。向巷陌独行，霜溯苔石。最是秋风薄幸，这时偏疾。忍看梧叶飘零也，坠阶前，教人堪惜。月华如玉，分明照得，菊英千尺。

　　算凉夜，清愁若织。把几许幽思，吩咐鸿翼。还记君曾许我，一生长怿。谁期世事如棋局，料深盟，到此应掷。旧欢新恨，明年今日，再难牵役。

拜星月慢·秋夜有记

曲水含烟，木樨溢玉，碧落游云疏淡。柳际冰轮，正清辉如练。照庭外，恰是，青松半倚墙角，紫菊细匀篱畔。旖旎此景，记平生稀见。

渐秋风，替了轻罗扇。阶前去，恐惊流萤散。移步小窗寻筝，把霓裳初按。又引来，稚女[1]窥帘眄。明眸转，娇态天真现。唤侬至，画个梅妆，做嫦娥样扮。

浣溪沙

一夜春风翠染堤。更兼堤柳软如丝。迎春绽放又佳期。拟托素琴传密意，更催新赋寄相知。待逢应是草萋萋。

浣溪沙

雪染梨花柳染青。湖光斜照两分明。绕人飞絮最多情。一叶轻舟江岸泊，几枝修竹小窗横。风光如许可堪凭？

---

1 稚女。邻家有女，年方五岁。甚喜音乐。每余抚琴之时，便来听，先是怯怯地藏于帘后。只露出溜溜的大眼睛看着。煞是可爱。

浣溪沙

晓日初收一径凉。老槐新竹碧苍苍。妆容细检趁残芳。
青鬓时牢飞絮驻，紫薇暗染素衣香。谁言春尽总堪伤。

浣溪沙

梦底乡村镇日闲。山桃野杏斗娇妍。青丝绕指更堪怜。
时洒糠糜邀翠鸟，还持莲叶接清泉。倦来枕石学陈抟。

浣溪沙

散尽寒烟秋气清。无边风月坐难成。抛书徐步院中行。
羁旅愁随芳菊散。素怀意向浅觞明。新诗赋就揽风听。

摊破浣溪沙

借问寒蛩何事鸣,未知时已别三更?纵使鸣来莫悲苦。怎堪听?

旧恨才因清酒灭,新愁又教汝催生。冷月孤灯谁与共。黯销凝。

满江红·失窃有记

乍雨还晴,槐叶底,晚蝉争语。浑不解,如斯天气,几多烦绪。也拟归家车未至,怏怏倚柳频频顾。轻雷起,行客霎时间,如蜂聚。

寻一隙,颦眉伫。衣胜雪,终难护。又邻生轻薄,碧眸含怒。欲付车资方省却,囊中财物飞何处?笑从此,真个晚餐风,朝餐露。

浣溪沙

最恨今生是女儿。每翻旧稿每成悲。几多心事恐人知。
月落云随风缥缈,词成墨共泪参差。夜寒唯有影堪依。

浣溪沙

平楚笼烟夕照西。归禽叶底莫悲啼。啼来惹教费吟思。
逝水无知欺落叶,秋风可解护霜枝?拥书闲坐忆当时。

临江仙·岁暮寄怀

　　远树迷离天欲暮,邻家琴韵悠扬,欢言阵阵度南墙。不怜值岁晚,羁旅正凄凉?
　　闭寒窗声渐悄,料应阻那愁狂,邮差好事叩西厢。来书未敢拆,只恐更思量。

鹧鸪天

　　谁道春光未许赊？落红犹解缀平沙。邀卿辞赋翻成曲，共我玫瑰煎做茶。

　　愁已绝，乐无涯。碧萝亦胜武陵花。一畦青韭墙边种，剪得新苗赠酒家。

鹧鸪天

　　谁倩飞红缀绿苔？更兼紫堇绕阶开。闻卿尚有题门志。叹我终无咏絮才。

　　寻片纸。诉幽怀。恐人窥怨掩书斋。写成并剪为蝴蝶。和月将伊花底埋。

鹧鸪天·病中感怀

　　点检年来百事违。待寻何计可开眉？叩门风雨期君是，卧病晨昏唯自知。

　　推素被，卷帘帏。凋零紫菊锁台墀。芳魂一缕随风逝，好梦从今不复持。

行香子

　　暮霭浮空。林樾迷蒙。看寒梅,玉蕊玲珑。拥书倦倚,云鬓蓬松。著一分娇。二分懒,七分慵。
　　叩门声起。旧友重逢。喜年华,未损音容。依依执手。细诉离踪。叹夜将阑。言将尽。意偏浓。

行香子

　　潋滟湖光。倒映苔墙。向邻院。也拟寻芳。谁言秋色。著尽凄凉?看枫匀绛。松凝碧。柳飘黄。
　　朱门半掩。恰现轩窗。有红袖。浅笑梳妆。乍闻步履。疑是檀郎。露一些惊。一些喜。一些慌。

满江红·观雪

睡起卷帘,惊谁洒。琼瑶万里?看紫陌,衰红残翠,遍寻无迹。触目晶莹尘未染,北风划地梨花起。问梨花,把一片冰心,凭谁寄?

花不语,墀外坠。流潦处,销魂地。念红尘绮丽,怎生轻弃?问取而今分袂后,明朝忆汝何人是?算唯有,那象管蛮笺,长萦系。

蝶恋花·看雪

俯首寒窗看雪落。满径旋飞,摄尽秋魂魄。世界芳菲无意索。今来许个梅花诺。

也拟人间频绰约,也拟君前,镇日长欢乐。孰料冰心犹未托。一生一瞬斜阳错。

鹧鸪天 · 记叶挺

　　破碎山河满目秋。苍生屯蹇志难酬。石牢壁上心情诉，铁镣声中国事谋。

　　心未死，梦难囚。铮铮傲骨足风流。宁从烈火焚灰烬，不屑卑躬索自由。

江城梅花引 · 有寄

　　田田翠盖渚莲稀。怕人欺，却人欺。兰棹无心，摇落水胭脂。一瓣随波飘去也，独遗我，对残阳，忆旧时。

　　旧时。旧时。暮烟迷。香一枝。笔一枝。写也写也，写不尽。悱恻情思。辗转经年，未忘是相知。问月今宵真解语？能此夜，载清辉，照辽西？

喝火令

故旧何从问,前缘那更寻。一怀愁绪不堪斟。宽我凄凉夜,唯有月知音。

写得词千阕,赢来一寸心?可怜终究隔遥岑。望断江南,望断暮烟深。望断万家灯火,孑孑坐桐荫。

一斛珠

元蝉低唱。波心夕照琉璃漾。依舷弄影胭脂烫。绾发三千,结个青螺状。

暮色撩人生怅惘。青花裙色当年样。已无人念颦眉况。收拾尘心,梦向秋声葬。

鹧鸪天·与水晶生日

燃尽烟花月色新。凭窗漫眺又思君。容颜娇俏犹堪画,词韵玲珑更可人。

情婉转,意天真。梅花冰魄是前身?千言祝语都无寄,只写平安一世存。

鹧鸪天

月色苍凉灯色齐。可怜病骨不胜衣。而今否泰犹堪问,昔日悲欢休与提。

抛秃笔,引深杯。醉中应忘忆当时。醒来书案茫然坐,谁写忧伤数纸词?

喝火令·烟霏生辰

树老禽飞绝。云浮月半弯。一番风过十分寒。谁在镂花窗畔,默默忆当年?

旧事萦眉睫,诗思漾笔尖。却无心绪说悲欢。写得离怀,写得橘灯残。写得素笺三叠,字字是平安。

喝火令

雪色初消散,梅心似欲开。几张桐叶绕空阶。袖手暖炉偎坐,百事懒安排。

曲误休相笑,词疏莫与猜。而今非已倦吟怀。只是流光,只是逐年来。只是暗中无事,为我减清才。

金缕曲·春节雪灾感怀并寄抗灾不能回家过年的军人们

已是回春际,又那堪,江南花柳,了无痕迹。触目河山银甲覆,怎敌茫茫冻意。算岁末,归程难计。凝伫寒窗长街望,看千车留滞冰莹地。羁旅客,泪偷拭。

静中渐有喧声起。是何来?一从军绿,乍添生气。手执铁锹勤挥舞,开出欢颜百里。促几万,团圆乐事?我为女儿娇且弱,恨未有谋略将身替。换汝向,母边倚。

喝火令

借得三分雨,催成一陌青。便呼娇子向山行。看取落花蝴蝶,追逐闹新晴。

软语低眉唱,回眸巧笑听。世间谁说总伶仃?忘了那年,忘了有伤情。忘了楼阴转角,小篆泄心声。

喝火令·叠前韵

曲径纷飞絮,长空变幻云。指间缓缓尽余温。闲转水晶茶盏,思量又销魂。

错失童年梦,相逢那是君?几番寻觅也无痕。独自余生,独自坐黄昏。独自青丝换雪。守候诺中人。

沁园春·听歌曲你的容颜

紫褪丁香,碧染藤萝,倦了素颜。剩闲情一刻,都归梦魇,郁怀十万,尽付哀弦。尘世芳菲,指尖岁月,堪笑回头逐事迁。凝眸处,只江南未改,陌草芊绵。

当时约定成烟。更辗转无人说可怜。叹故交寻遍,黯消此夕,新朋初遇,惊似从前。婉约诗思,玲珑词句。叫我今宵何忍眠?伤心最,是相知重见,各自缄言。

曲游春

　　雨过桐花老。看一庭芳事,今剩多少?流潦阶前,向吴陵裙角,做成轻恼。莫问何曾笑,又惹起,别情痴抱。更背人,掷尽金钱,却怪梅子青小。

　　路渺。前尘频扰。欲寄个音书,哪觅青鸟?叠损冰笺,纵回肠若篆,持心空巧。怕做江淮眺,怕望处,相思难了。叹此生,附骨深随,晨昏眷绕。

鹧鸪天·答人问

　　见说音书久不闻。也从词韵忆天真。依稀梦里娇憨女,仿佛灯前寂寞人。

　　花无影,月无痕。朔风呼啸又侵门。那堪已是凄凉夜,还挟深寒扰病魂。

木兰花·立春

盼春却又将春怨。携手东风舒柳眼。可怜一陌腊梅花,因汝来归魂梦断。

青丝凌乱慵梳管。纵绾也无人一看。果真剪尽发三千,便使红尘烦恼散。

鹧鸪天·寄友江岚

与子音书两不闻。旧笺昨梦记微痕。愧无十万安民计,空有三千叹世文。

抛拙笔,倚蓬门。东风催碧更销魂。感君青眼何为报?唯折桃花向故人。

减字木兰花七章

其一

　　与君初见。一陌杨花飘似霰。摇曳低回。犹共夭桃春事围。
　　与君久别。圆缺几番江畔月。今我来归。婉转吟怀可肯随？

其二

　　与君初遇。相识数年难一聚。年少江郎。诗意输于卿韵长。
　　与君离散。各为稻粱空喟叹。我又重来。读子当年题柱才。

其三·寄烟霏

　　与君初识。弦月依稀鸢尾紫。杯漾琉璃。一瞬相逢又别离。
　　晕红灯色。莫照回眸人恻恻。他日重逢。记得金兰情谊浓。

其四

　　忧伤过往。堪笑每因人妄想。春又归来。堤柳为谁细细裁。

江淮旧识。忆到如今空悱恻。多事熏风。吹得桃红一梦中。

其五

梅疏月冷。阶外素衣谁背影?合睫沉思。愁刻眉心君可知。

凄凉词意。不是年来埋梦地。春草银塘。未若丝丝旧恨长。

其六

壁灯摇绿。枯坐听风吹断续。一个幽人。世态从来辨未真。

韶华弹指。谁识明朝生或死?漂泊经年。赚得霜丝飘额前。

其七

我知我命。屯蹇流离无所定。暮色重来。悲苦哀愁次第排。

无端梦恶。惊起哪堪人转各。抱枕沉吟。十万相思一寸心。

蝶恋花·烟花

不识人间悲与喜。掠过深空,旋舞霏烟地。触手繁华成睥睨。为谁做个缤纷记?

我死之年无奠祭。幻化寒灰,散在春光始。一夕韶华为一世。与君错失花开季。

甘州·寄沧海并贺生辰

望长空绝似水湖蓝。变幻有晴云。正百花过后,无边深碧,弄影封门。一曲古琴弹罢,独自也销魂。记得岭南外,谁又芳辰。

几许新知旧友,到如今尊畔,同醉何人?想读君文字,庾信是前身?更犹多,三分英气,向毫端,词意缕翻新。焚香祝,轻歌欢笑,相与晨昏。

人月圆

　　曾经小院深秋界,枯叶已封门。苔牵指冷,风牵雨骤,一盏灯昏。

　　已谙梦是,蜃楼光景,兀自迷魂。更如蛛网,唇边掠过,去矣留痕。

卜算子·用沈之力韵

　　塞北尽秋声,呜咽何堪听?指上弦音笔下词,促就年来病。

　　病也睡难成,眸有天花影。一握空空未着痕,不识虚无境。

喝火令

其一

竹外轻烟聚。桃边妩媚生。更兼明月照香蘅。折取柳枝为缆,能否挽行程?

见也言无尽,归何斗柄横。忍将单影试青灯。听取风吟,听取睡难成。听取自身低语。细数一更更。

其二

匣底寻红豆,拈针对月穿。细将心事串成链。吩咐小街行客,传与到君前。

此去门长锁,妆容一任残。负他桃杏斗清妍。只记梅边,只记那时言。只记雪人堆就,笑似我娇蛮。

春从天上来·次韵前尘

　　天上春来。是剪剪清风。净扫浮埃。金染纤柳。翠点苍苔。樱萼欲敛还开。正琉璃灯放,惹楼外,过尽轻雷。但良辰,惯茕茕对影。自倚兰台。

　　思量寂寥月下,弄一曲秦筝,筝语何哀?一种相思,几多幽怨。此后谁与长陪?向花间棋弈,青丝绾,联句书斋。更相随,泛雪中轻棹,寻访江梅。

水调歌头·次韵涵洁兼赠

　　寄语谢家女,行乐趁芳年。剖橙煮菊为茶,绿酒媚朱颜。起舞翩如飞燕。莫似瑶池月姊,屡把黛眉弯。花瓣且为纸,题句佐清欢。

　　散青丝,舒罗袖,最悠然。梅魂兰魄,浮名含笑等闲看。相约知交几许,呼取扁舟一叶,云水历三千。似此逍遥客,何必慕天仙。

沁园春·读全宋词典故有感

　　一盏香茶，几卷闲书，独坐黄昏。料相如题柱，当年应有。冯谖弹铗，此日何寻？更有林逋，种梅放鹤，堪羡如斯自在身。孤山下，正甘泉似酒，野荠如莼。

　　前人眼底纷纷。算成败如今谁与论？纵清名盈纸，唯成故典，英豪驰世，终委荒坟。建阙千幢，敛珠万斛，到此依然不复存。沉吟久，又街灯闪烁，夜气氤氲。

宴清都·次韵前尘

　　暝色青眸染。偎膝算，蛰居消暑才半。长宵意绪，三分索寞，七分清怨。藤萝翠蔓探窗，怎和月，向人织倦？更风翻，木叶萧萧，吹成一世悲惋。

　　前缘准拟相忘，梦中偏又，依依历遍。徘徊嬉戏，嫣然唱和，几时俱远？新诗纵写三千，到此刻，凭谁拘管？最无奈，朝暮相逢，见如未见。

蝶恋花·次若若韵

欲写新词唯一纸,写尽伤心,未使伤心止。记忆分明今夜始,梦中谁是多情子?

缓缓浮云生月尾,痴绝窗前,幻想他年死。我是梅花忘彼此。我开君侧情何寄。

金缕曲·聆梦集之终结篇

已是芳菲歇。更那堪,长空雁断,暮鸦啼彻。唯有西风知人意,屡屡相萦残叶。看满院,纷飞黄蝶。为候婵娟阶外立,任素衣不敌秋寒烈。更薄雾,浥眉睫。

浮云一刹重重叠。算今宵,烟笼雨信,再无明月。懒懒归家门户掩,遥夜凭何以悦?把索寞,谱成词阕。又恐几多闲文字,惹此后愁胜丁香结。写未已,梦先绝。

聆梦集

诗部

无题

残春惜取忘思归，桃褪红绡绿渐围。
一样衔泥梁燕在，几时扑蝶女儿非？
尘缘未共情缘灭，笔力总随病力微。
事事关卿天不与，此心此世忍相违。

记梦

夜风掠过壁间灯，素幕拂腮惊梦起。
散发慵倚幻还真，眸中俱是丁香紫。
依稀有屋白如雪，庭院与君成偶遇。
应是初交未曾识，怎生貌与故人似？
含羞垂睫轻问询，君道前缘不复记。
犹笑若是旧相知，今宵何以为凭据？
轻舒皓腕呼君看，掌纹一般横于竖。
君说尘寰数亿人，几许掌中非如此？
况是有盟在今生，如何约书难与示？
言罢一刹了无痕，遗我人间又一世。
我为待君丁香院，一瓣落蕊三千字。
字字尽书是君名，斗转星移犹未止。
更把残笺蝴蝶结，蝶未结成心先死。

辘轳回眸年事尽悲辛

回眸年事尽悲辛，岁暮依窗月一轮。
断续风敲幽院竹，参差影顾异乡人。
每求无相空空境，偏做劳形碌碌身。
几度沉浮终肯悟，官前何必说平均。

俱道春回不见春，回眸年事尽悲辛。
梅花染雪因怜雪，名利缠人为误人。
礼佛果然知慧业？为官未必想清真。
大千纵有逃秦地，敢问青天不染尘？

不曾刻意做诗人，块垒唯从笔下申。
检点前缘多缱绻，回眸年事尽悲辛。
朱门有酒还弹铗，利锁无缰总役魂。
颠沛终朝何所获？藏书三百未容贫。

此夕人人颂岁新，霜萦梅萼气氤氲。
数幢豪宅官何贵？三尺蓬居我独贫？
遥望前尘多坎坷，回眸年事尽悲辛。
题门意气庄周蝶，莫若寻陶做比邻。

矿山真个已回春？枯柳如何翠不匀。
持酒官分人后奖，披麻妇垒竹边坟。
民情略许温言慰，权势皆从媚语尊。
忍看青冥云设障，回眸年事尽悲辛。

次陶渊明饮酒之十三·题图片一张

舟似坠波羽，水如寒玉镜。
知交二三子，黄昏醉中醒。
但看天倾幕，几疑云垂领。
远樾凝深碧，岚烟呈清颖。
茫茫三千界，从来谁与秉？

路遇卖鸡翁闲话有感

傍水人家鲜有鱼，竹为栏栅隐蓬居。
家禽养就炊难见，春荠采来食不虚。
稚子学龄唯梦到，老翁天寿剩愁馀。
市民未识村民状，频问何由总叹嘘。

看东北二人转有感世事

二人转有一种演出形式为一人将左右脸化成两种不同的角色而演一出戏。

魅影华灯耀北辰,一番笙鼓一番春。
眼前恍惚衣冠貌,台上分明傀儡身。
金印初持人已贵,青衣未卸语犹尊。
痴迷堪笑座中客,不辨忠臣即佞臣。

清角生日贺

问汝年来孰是亲?岭南岭北更谁春?
清风不解苏衰草,细雨犹知绝暗尘。
惯向诗言云外志,每从笔润酒中身。
今宵忘却从前诺,莫使闲愁寄远人。

贺包德珍大姐生日

此时应是酒盈杯，良夜清嘉万事乖。
朔气飘萧随月散，檀香馥郁绕人来。
华堂广聚题门客，清骨长存咏絮才。
可叹芳辰无所赠，屏前唯寄一枝梅。

随感

不计华年两鬓皤，浮生犹赖酒消磨。
每将倦眼追明月，惯使豪情付烂柯。
弈友何妨常执手，同僚岂必总操戈。
素心未有魔心障，任尔风云变幻多。

哈巴狗

黑毛已使雪裘遮，何具人形呲利牙？
刨地耸肩欺墨客，摇尾舔履仰乌纱。
一根颈链堪为宠，半截骨头权做夸。
可笑每从豪宅媚，此生难蜕是哈巴。

随感

席终淡月送人归,醉里纷纷前事围。
梦境尚分真亦幻,情场难判是耶非。
相思渐共愁思尽,别意不从酒意微。
腕烙齿痕犹未浅,而今何使两心违?

悼亡

曾与友约春天同游江南,因琐事而未成行,每思及此,悔之晚矣。

我非着意负卿卿,一念前缘涕泪零。
昔为稻粱疏故友,今从杯酒哭新茔。
茫茫尘世谁同好?冷冷幽冥君独行。
此去忘川休饮水,来生或可续深盟。

悼亡

回思前事又三更,一夜壁灯昏不明。
屡念卿名音信绝,未呼雨字泪檐生。
今宵故友黄泉冷,昨日新坟黑蝶轻。
盘旋随风归渺渺,余生谁与诉衷情?

秋兴

一陌荒寒淡落晖,无边木叶正纷飞。
我怜槐梦秋中断,谁念身枯足下围?
记忆芳菲空自好,尘寰颜色已全非。
此生或有才三斗,换得尊前毛蟹肥?

记梦

夜黑梦之帙,封藏痴心稿。
发散娇不绾,眉淡慵不扫。
幻想江南雨,遗珠满池藻。
我立断桥边,裙色如芳草。
逢子已无欢,别子亦无恼。
因缘难为卜,记取当时好。

古意

陌前虚一握,辗转天涯各。
此夕有月明,或可成商略。
借我玉色光,涤我忧伤魄。
他年我复来,俟子长欢乐。

次韵无非昨夜到秋天

曾记多情追相如,却无晒腹五车书。
半生寻梦谁欺我?一苇成航天道虚?
案牍挂冠攻渐没,林溪濯足意方舒。
闲将酒秫荒田种,未必安贫不似初。

步韵答烟霏

荒寒庭院月依然,独对江湖落叶天。
或有心情寻幻梦,已无爱恨累吟篇。
诗思到此终于绝,天意历来不肯全。
追逐虚花空一枕,方从劫后悟槐安。

拟长相思

长相思,在江南。为谁辗转不得安?为谁泪浥枕生寒?为谁幻境幻相迷,为谁相思镇日悬。燃灯心绪付毫端。可怜一字一惘然。可怜对月忆前欢。丁香开也无心折,听任残春空烂漫。长相思,摧心肝。

咏梅

霁雪消融一径风,数枝红萼古墙东。
素心纵有寻芳意,清魄断无争媚功。
已惯连年开浊世,不堪逐日老寒丛。
东君识我怜花梦,许向罗浮听雨桐。

咏莲

斜阳照水染轻绯,翠盖田田静苑围。
碧浪起时成桎梏,秋风来处是忘机。
开残花色风何惧?消尽香痕蝶莫讥。
君媚人前能几日?他年一例化尘微。

读新闻《山西煤矿,救救我们的孩子》感怀

飘零忘却几经秋,昨日天真未许留。
或有诗词能寄梦,已无骨相可封侯。
每因矿难空添恨,枉为童伤暗自愁。
怒欲擎天翻失笑,不过尘海一蜉蝣。

无题

闪电破空来，撕开暗夜帙。
天地转微明，风雨交相叱。
彼梦赴天涯，我念心如窒。
此后何所之，脉脉不曾悉。

无题

潇潇复潇潇，一夜安能寝？
晓色幻紫烟，苔墀迷花锦。
深碧托淡胭，凄凉成绝品。
似子毫端意，冷冽无言禀。
时节愈温馨，我何愈寒凛？
前事欲相忘，齐向素心廪。
脉脉不得言，梦魇犹须噤。
辗转高髻开，青丝散满枕。
嗟子犹未如，鬓发依依恁。
各自据南北，遗我萧索甚。

誓

子欲向黑甜，我愿为箪枕。
俟子一安详，夜夜宁不寝。

子夜歌

思君如碧月，耿耿倚遥天。
为忘江南梦，不看双色莲。
思君如暮雨，冷冷逼人怀。
衣上晶莹态，合眸未敢猜。
思君如古镜，未使浥纤尘。
朝暮明如拭，缘何屡负春？
思君如蒲草，剪尽还复生。
日日看君过，此心君不明。
思君问青鸟，可向彩云中？
载我深深意，归携花信风。
团月遥空挂，天涯明若水。
谁惊杜宇飞，悲啭摧心髓。
无寐还无梦，莫使问云何。
但把相思字，谱成子夜歌。
年光一转瞬，此意何曾改？
昨夜梦中人，今朝千嶂外。

月

暮暮复朝朝，混沌何梦觉？
茕茕静夜魂，倚于古城角。
有情无情态，冷看诗人驳。
生来青嶂颠，去归白云幄。
世界灯火明，幻彩难为学。
我已下弦时，无意争荦荦。

雪

与子初相遇，容颜正晶莹。
随风但起舞，子异为花灵。
盘旋不肯堕，约子欲同行。
青衿容我驻，俨然结深盟。
子复归暖室，我魄渐无形。
非为子薄幸，是我惯茕茕。

为二师兄拭剑生日

莫道不曾思,莫道忘旧时。
值此良辰夜,可曾酒满卮?
年来一何好?年来一何悲?
但许今日始,君前万事乖。
君我千里远,同门相惜之。
值此良辰夜,写就数行诗。
写罢无从寄,遥看星依稀。
吩咐流星去,报与故人知。

无题

是夜梵音中,前梦若隔纱。
历历江南陌,君我两无邪。
昨为酬唱客,今为彼岸花。
无因亦无果,一念失天涯。

拟四愁诗

我所思兮海之涯。也拟寻之暮云遮。一番细雨一番嗟。故人赠我丹桂华。何以报之乌梅茶。帘前苍柏暗栖鸦。清欢此夜问谁赊?

我所思兮江南嵋。也拟寻之路何迂?深宵对影枉唏嘘。故人赠我翡翠琚。何以报之柔桑榆。关情只道是鹧鸪。啼时消得宿愁无?

我所思兮在花城。也拟寻之叠嶂横。年来魂梦为君萦。故人赠我一雪珩。何以报之一青萍?春溪楼外正泠泠。流水停时泪可停?

我所思兮海之涯。也拟寻之倦形骸。泪盈眉睫月盈阶。故人赠我卷云钗。何以报之绕庭槐。恨君归矣不复来。从今笑靥为谁开?

医院见闻记

卧病昏昏凄咽闻，似睡还醒幻耶真？
幻幻真真哭又起，其声断续难与止。
是谁深夜不成眠，惊我短梦无痕迹。
强支弱躯倚孤枕，单衣难敌春寒紧。
邻床有妇几时来，满面啼痕多少闷。
轻言才始一问讯，堕泪纷纷说幽恨。
江北有村是我家，青山碧水实堪夸。
三餐虽无珍珠米，果腹常有叶儿粑。
膝前儿女共一双，乖巧解语足善良。
夫本民建一民工，高空坠落命早丧。
可怜为养翁与子，薄田耕种乏力气。
谁料天公不惜民，收稻时节遣雨洗。
无奈燕山从家政，获利纵微生涯定。
前日腹部忽有疾，才省穷人不敢病。
入院押金三四千，初交一半犹未肯。
任尔翁乞子伏脚，几曾钱到始给药。
都道白衣是天使，天使之心都如此？
我今纵死浑不惧，唯伤儿女无所寄。
言罢哀哀泪如霰，听者莫不肝肠断。
长叹人心今不古，复悲苍天生灵误。
如若处事是为均，何使尘寰富贵分？
天边渐晓眼蒙眬，睡起邻妇无从觅。
此别何处问吉凶？萍水一逢心已系。

节日夜饭店见闻记

佳节双重至,席间酒满卮。
静女中庭坐,脉脉弄琴丝。
一拨音激越,再拨愈悲凄。
其声哀且恸,差可杞梁妻。
有客微微恼,有客冷冷嗤。
我亦悱恻紧,趋前低低问。
值此团圆夜,底事愁相困?
初询不与答,复询垂双泪。
轻咽转号啕,我心为之碎。
失计将愁宽,惟使温言慰。
良久哭方止,啼痕衫袖湿。
幽幽启绛唇,小女年二十,
求学在燕南,居乡为塞北,
我历人间时,是母黄泉日。
感父爱之切,育我空四壁。
促我今长成,谁料病魔袭,
挽父寻医院,药费七八万,
似此天文数,摧我肝肠断,
无奈携秦筝,卖艺或能攒,
未知多少年,随父家始返,
其言犹未绝,其泪纷如霰,
听众弗言语,间有长太息,
余钱愧无多,暗将子囊入,
凭此杯水薪,解得燃眉急。

自君之出矣

自君之出矣,朝夕倚窗前。
花开又花谢,谁复记芳年。
自君之出矣,不敢卜明天。
只恐深深意,幻成淡淡烟。
自君之出矣,年来百事违。
多少伤心字,不觉湿帘帏。
自君之出矣,词笔渐封尘。
桃夭复莲媚,采采不关身。

子夜四时歌

春之何所及?是处青青色。
为候燕归来,长从阶外立。
夏之何所思?素手采莲时。
种荷君池里,个中意可知?
秋之何所任?叠嶂绛林森。
乍起霜风紧,其声似响砧。
冬之何所觉?旧事不堪驳。
世界雪冰封,君容渐渺邈。

无题

君为长青树，我为菟丝草。
相识春光里，相偎一何好。
我生为君来，别君即枯草。
暮暮复朝朝，未省秋声早。
君颜碧如斯，独我忧伤老。
去矣谁做歌？北风为我悼。

樱花歌

梦里幽香乍，开轩花似雪。
为谁绽芳姿？为谁长怡悦？
婷婷伫郊原，听鹃啼难歇。
日暮雨潇潇，清凉涤玉骨。
有萼尚深眠，一刹为君裂。
君记今来我，妩媚开笑靥。
心事未敢言，惟向枝头结。
叠叠蕊千重，知否如片霎？
与君但相依，孰料风正烈。
我恨不如风，日日君前列。

乱语寄漩涡儿

春消柳色黄,风减桐花紫。
与子别经年,那堪梦如此。
梦里在江南,梦里远江北。
梦里雨如烟,灯前共吹笛。
梦回月如钩,莽莽关山隔。
辗转不成笑,俟子良辰到。
裙色一如火,眉目一何姣。
恍有明烛红,结个灯花巧。
君向春风嫁,我向春光老。
籍我三生福,许在卿卿好。

拟长相思

长相思,在江南。为君万遍卜平安。为君立尽月光寒。为君幻虚勘不破。为君一诺一生悬。愁痕淡淡刻眉端。佯低双睫掩凄然。菊花开也不成欢。朵朵都是伤心色,更失那年香散漫。长相思,摧心肝。

斗篷：披用的外衣，又名"莲蓬衣"、"一口钟"、"一裹圆"，用以防风御寒。短者曾称帔，长者又称斗篷。

交领襦裙：襦裙也是典型的衣裳制汉服。"襦"是指上身穿的短衣。襦裙上衣短，下裙长，具有丰富的美学内涵。襦裙的历史从有实物考证的战国时期开始，终于明末清初的"剃发易服"。交领襦裙上襦交领、右衽，下裙束在腰间。女子日常均可穿着。

齐胸襦裙：齐胸襦裙上襦较短，裙子高束于胸上。在穿着齐胸襦裙时，可以将一条长长的轻薄宽带缠绕在臂间。这条飘逸的长带，称为"披帛"。唐代壁画以及塑像等常出现身穿齐胸襦裙，肩搭披帛的女子形象。

曲裾：曲裾是先秦汉晋时代常见的深衣制服装，《礼记》记载，深衣一大特点是"续衽钩边"。续衽并不是一定很长，有的只绕半圈，有的则层层缠绕。现在的曲裾，无论是下摆如花一般层层散开的长曲裾，还是行动间裙摆摇曳的短曲裾，都是汉服中最能体现女子婀娜优雅的装束。

贴里：交领，右衽，衣身前后襟皆为上下分裁，腰部以下作褶，如裙状，衣身两侧无开衩。明代士人通常将贴里穿在袍内裙护之下，贴里的褶子能使袍身宽大的下摆略向外张，显得端庄稳重。贴里根据其形制还可以分为大褶、顺褶等，多以绦环束腰。

衣裳：古人把上身穿着的襦、衫、袄等统称为"衣"，而把下半身的穿着称为"裳"。"上衣下裳"是汉服最古老且始终贯彻的服制。为表尊重传统，后世传承中最高级别的礼服（如冕服）都使用这种服制。宋明时期男子日常多穿着通裁袍衫，偶尔穿着上衣下裳时，也会加上罩衫，而女装上衣下裳的款式则经久未衰。

直裰：又作直掇或直缀。宋代已有此称，但不同时期所指的服饰并不一样。到明代，"直裰"通常指百姓、仆役及僧道等所穿的交领长衣。交领，右衽，衣身两侧开衩，但不接摆，衣长及袖宽各随穿着者需要而定。直裰外形与直身、道袍非常相似，三者的区别主要在两侧双摆处。直身双摆在外，道袍双摆在内，直裰则无摆。现多配以半臂罩衫穿着。

直裾：直裾是不绕襟的深衣。东汉以后，本着经济胜过美观的历史发展原则，绕襟曲裾已属多余，直裾逐渐普及，成了深衣的主要模式。直裾深衣不绕襟，衣裾在身侧或侧后方。男女均可穿着。